걷고, 웃고, 읽으며
한 손으로 버티기

걷고, 웃고, 읽으며
한 손으로 버티기
초판 발행일 **2018년 12월 15일**

지은이 **김원중**
발행인 **김미희**
펴낸이 **몽트**

출판등록 **2012.12.20 제 2014-0000-38호**

주소 **안산시 단원구 고잔로 23-12**
전화 **031-501-2322** 팩스 **031-501-2321**
메일 **memento33@menthebooks.com**

값13,800원
ISBN 978-89-6989-040-5 03810

www.menthebooks.com
「이 도서의 국립중앙도서관 출판예정도서목록(CIP)은 서지정보유통지원시스템 홈페이지(http://seoji.nl.go.kr)와
국가자료공동목록시스템(http://www.nl.go.kr/kolisnet)에서 이용하실 수 있습니다.

걷고, 웃고, 읽으며

한 손으로 버티기

김원중 에세이

롱트

책 머리에

I

이 책은 전적으로 몽트사 사장 김미희 소설가의 덕분에
이 세상에 빛을 보게 되었다. 김미희 소설가는 대학재학시
절 나와 사제지간의 인연을 맺은 사이로 이제는 한국문단
의 한가운데서 열심히 활동하고 있다. 5,6년 전 출판사를 차
렸다고 대구까지 옛 스승인 나를 찾아와 나의 책 한권 내겠
다기에 그 뜻이 고마워서 언약하였더니 그것이 여든을 훨
씬 넘긴 이제야 세상에 탄생하게 되었다. 김미희 사장에게
미안하기도 하고, 고맙기가 그지없지만 달리 인사할 말이

없다. 책도 한창 건강할 때 내야지 직장에서 은퇴한지 20년 세월이 다되어가는 이 시점에 낸다는 것은 남에게 폐를 끼치는 것 밖에 안 된다. 그렇다고 그만 둘 수 없었다. 중풍으로 쓰러진 지도 20년 가까워 오고 몸은 글쓰는데 말을 잘 안 듣는다. 그러나 김미희 사장의 격려에 의해 한권의 책이 세상에 빛을 보니 어쨌든 기쁘고 행복하다. 글을 쓸수 있다는 것은 꺼져가는 심신을 다시 일으켜 세우는 힘이 되는지도 모르겠다. 책 제목을 길게 붙인 것도 중학교 3학년 때 교실에서 은사의 한 말씀이 평생을 내 가슴속에 지니고 있었기 때문이다. 이 책을 제일 먼저 들고 그 은사님부터 찾아뵐 생각이다.

II

2002년 대구세계문학제를 성사시키려다 쓰러진 다음에도 나는 두 편의 에세이집을 내었다. 「아버지가 주신 연필 두 자루」(2005년)와 「사람을 찾습니다」(2009년)이다. 앞의 책은 자전적 에세이집이고, 뒤의 책은 테마 에세이집이다.

둘다 의의 깊은 책이다. 1990년「하늘 만평 사 뒀더니」라는 에세이집을 처음 내었더니 반응이 좋아서 그 때 문화부가 제정한 제 1회 우수교양도서에 선정되어 상금 100만원을 받은 이후 대구 모 출판사에서 내 에세이집을 내고 싶다 해서 「별을 쳐다보며 살자」를 내었다. 지금은 이 세상에 없는 한 제자(김철규)가 원고를 모아줘서 낸 책이다. 세 번째는 내가 포항공대에서 정년퇴임 할 때 기념으로 낸「인생을 아름답게」이다. 교음사의 명수필 선집에 넣어주어서 낸 반 문고판 수필집이다. 그리고는「아버지가 주신 연필 두 자루」와 「사람을 찾습니다」를 낸 것이다.

이번에 내는 이 에세이집「걷고, 웃고, 읽으며 한 손으로 버티기」를 내게 된 것이다. 아흔을 바라보는 나이에 빛을 보게 된 내 생애 마지막 에세이집이 될 것이다. 다시 한번 김미희 사장에게 고마움을 표한다. 세상에서 가장 아름다운 인연이 아니겠는가.

이 책은 내가 열두살이란 아들을 두고 마흔다섯

젊은 나이에 이승을 떠나신 아버지에게 바칩니다.

• 목차

책 머리에··········4

1부_백세 인생

2부_고전 새로 읽기

3부_내가 본 김원중 교수님

1부

백세 인생

재수 없으면 백 살까지 산다

"3등아 잘 있거라 6등이 간다."

이 말은 은퇴한 사업가가 아들 내외에게 괄시를 받았다고 화가 나서 가출하면서 아들 내외에게 남긴 쪽지글이다. 평생을 사업에 몰두한 관계로 가진 재산은 제법 있으나 집에 들어앉아 있으니 속이 천불이 날 일뿐이라, 하나밖에 없는 아들과 며느리 손자가 하는 짓거리가 한 가지도 마음에 드는 것이 없다. 그러다가 드디어 화가 폭발하는 사건이 발생한 것이다. 하루는 거실에서 무료하게 TV를 보고 있는데 저녁때가 되니 며느리가 시아버지 저녁상을 차려주고는 아

들과 저녁 약속이 있다면서 손자를 데리고 나가버리는 것
이었다. 그것까지는 자주 당한 일이라 참을 수 있었다. 그
러나 몇 시간 후 사건이 터진 것이다. 즉, 아들 내외가 갈빗
집에서 식사하고 왔는지 갈비뼈를 한 보따리 싸가지고 와
서는 개에게 던져 주는 것이었다. 그리고는 "아버님 식사하
셨어요?"하고는 거실로 들어가 버리는 것이었다. 갈빗집에
서 식사하였으면 집에 혼자 있는 아비에게 갈비 한 대 사가
지고 오면 안 돼나? 싶어서 화가 치밀어 오른 것이다. 그리
하여 이튿날 아침, 짐을 대강 싼 가방 하나만 들고는 복덕방
과 결혼상담소를 찾아갔다. 가진 돈이 있으니 아파트 한 채
금방 살 수 있었고, 아직도 60대 중반에 건강한 몸이라 배
필도 며칠 만에 구할 수 있었다. 그런데 평생 운전이라고는
해 본 적이 없는 사장 출신이라 자가용이 있어도 소용이 없
었는데 새로 맞이한 배필이 젊은 시절부터 먹고 살기 위해
용달차를 끌고 다닌 경력 소유자였다. 그래서 외제 자동차
한 대 구매하여 새 마누라가 운전하여 전국에 가고 싶은 데
다 가고 먹고 싶은 것 다 먹으면서 새로운 인생 2막을 즐겁

게 보내고 있다고 집 근처의 서실에 와서 자랑하더라는 것이다. 그리하여 그 은퇴자의 말이 재미있다. 자기 집에서 1등은 며느리, 2등은 손자, 3등은 아들이라고 하였다. 그리고 자기는 4등도, 5등도 아니고 6등이라는 것이다. 왜 그러냐고 물으니 4등은 가사도우미 아줌마, 5등은 자기집 개한테 빼앗겼다는 것이다. 그러니 평생 돈 벌어 자식 키우고 집을 장만한 자기는 겨우 꼴찌인 6등밖에 안 된다는 것이다. 이 이야기를 듣고 문득 나 자신을 돌아보게 되었다. 정년퇴임으로 은퇴한 지 10년이 넘었는데도 요즘 덥다고 아침저녁으로 문안 전화해 주는 아들과 며느리가 있으니 행복하다고 새삼 여겨졌다. 그리고 자신도 아프다면서도 곁에서 24시간 떠나지 않는 아내가 있으니 참으로 행복하지 아니한가. 은퇴 후 중풍으로 쓰러졌고 넘어져서 고관절 수술까지 하였지만 요즘도 원고 쓸 일이 계속 있고 강의할 때가 계속 생기고 있으니 참으로 행복할 뿐이다. 팔자는 길들이기에 달렸다더니 내가 그 주인공인가 보다. 우스갯소리이지만 은퇴 후 대개 몇 가지 다닐 대학이 있다고 하지 않는가.

은퇴 전에 하였던 일을 지금도 하고 있으면 예일 대학이다. 예전에 하던 일 없이 바쁘게 다니는 사람은 하버드 대생이고, 동네 경로당에 나가는 사람은 동경 대학생이라고 하던가? 자기 집 방구석에만 콕 박혀 지내는 사람은 방콕 대학생이라고 한다. 물론 마지막 방콕 대학생인 은퇴자가 가장 서글픈 신세가 아닌가 한다. 나는 요즘 내가 은퇴 후 스스로 정해 둔 생활신조 세 가지를 성실히 수행하고 있다. 즉 "걸어라, 웃어라, 읽어라."이다. 비가 오나 눈이 오나 밥만 먹으면 걷고 사람들을 만나면 웃는다. 평생을 교단에 섰으니 걷는 것은 생활화되었고 현직에 있을 때 학생들로부터 무엇이 좋아서 늘 웃느냐?는 질문까지 받았다. 물론 "너희를 보면 좋아서 웃는다."라고 대답하였지만 웃음은 최고 보약이고 명약이라고 지금도 생각한다. 그리고 밤중에 자다가도 깨면 책을 읽는다. 책 읽는 것처럼 즐거운 일이 이 세상에 어디에 있겠는가? 읽으니까 자연히 따라오는 것이 쓰는 일이다. 내가 존경하는 철학자 러셀은 99세로 숨진 날 아침에도 3천 자를 썼다고 하지 않는가. 걷고, 웃고, 읽는 것이 은

퇴 후 나의 생활 습관이 되어 버렸다. 얼마 전 후배 동창들의 모임에서 축사를 하다가 부탁이 있다면서 "20년 후에 동창회에서 축사시켜 달라"고 부탁하였다. 그러고 보니 20년 후에는 내 나이가 백수百壽가 아닌가. 이러다가 재수 없으면 백 살까지 살까 걱정스럽다.

『칡넝쿨』에서 『한비문학』까지

　나는 시방 이 글을 병원에서 쓰고 있다. 당뇨로 인한 발 관리가 잘못되어 괴사壞死에 빠진 발가락 한 개를 치료하는 수술을 받았기 때문이다. 닷새 전에 수술을 맡은 담당 교수가 한시라도 빨리 수술해야 한다고 엄포(?)를 놓았으나 나는 수요일마다 한비문예창작대학에서 문학강의를 하고 있어 하는 수 없이 이틀을 연기하여 수술을 받았다.

　한비문예창작대학은 대구에서 유일한 월간 문예지 「한비문학」을 발간하고 있는 한비출판사 부설 문예창작대학으로, 나는 여기에서 2009년부터 10년째 매주 월요일마다 문학이론과 창작을 가르치고 있다. 아니, 수강생들과 함께 문학을 즐기고 있는 것이다. 중풍 환자인 내가 여기서 문학 강의하러 다니다 보니 건강도 좋아졌고 다리에 힘도 많이 붙었다.

수술 전 날, 발에 깁스 한 채로 강의하러 갔더니 수강자들 전부 놀라는 것이었다. "휴강을 한다고 전화하시면 될 것을…"하면서 말리는 것이었다. 그러나 나는 즐거운 강의 시간을 두 시간 보내고 병원으로 갔다. 그리고 그 다음 날 온갖 검사를 한 다음 발가락 한 개를 제거하는 수술을 받았다. 마취 약이 몸에 돌 때는 아픈 줄 몰랐는데, 이 글을 쓰고 있는 지금은 마취가 풀리는지 아프기 시작한다. 그러나 아픈 것도 살아있다는 증거니까 행복하게 여겨야 하지 않겠는가? 아니, 문학의 힘이 내 중풍과 아픔을 치유해 준 에너지였다.

10여년 전 중풍으로 쓰러지고 난 다음 1년도 안 되어 구미 평생교육원에 강의하러 갈 때 휠체어를 타고 갔고, 부산 영광도서 강당에서 강연할 때도 휠체어를 타고 갔었다. 주최자인 김상훈 시인이 '의지의 사나이'라고 나를 치켜세우면서 광안리 회 센터에 가서 회를 잔뜩 대접하였다. 그 후 나는 대구 시내 여기저기서 문학 강의를 하고 다녔다.

처음에는 수성문화원에서 3년간 문학 강의를 하다가 어느 백화점 문화센터에서 하였다. 그리고 대구 불교회관에서 어머니 문학교실을 3년 열었다. 그러다 현재의 한비문예창작대학에서 문학 강좌를 맡게 된 것이다.

대구의 중심가에 있는 반월당 적십자병원 뒤쪽에 있는 한비문예창작대학은 5층 건물이고 엘리베이터가 없다. 옛날 건물이어서 그렇다. 「한비문학」의 운영자인 김영태 시인은 엘리베이터가 없어서 미안해하지만 나는 그것을 상관않는다. 오히려 계단을 오르내리면 건강의 정도도 알 수 있고 건강에 도움이 된다. 일부러 재활하러 병원에 다닐 필요가 없어 좋은 것이다. 모든 것은 마음먹기에 달려 있다. 5년 동안 이 한비문예창작대학의 건물에 오르내렸기 때문에 내가 이만큼이나마 건강을 회복한 것이리라. 이곳에서 일주일 두 시간 강의하기 위해 나머지 엿새 동안 나는 강의 자료 찾고 준비를 한다. 그러니까 몸과 마음이 건강을 되찾고 즐거운 하루를 보내고 있다.

세상에는 두 종류의 시인이 있다. 시를 쓰는 시인이 있고, 시를 즐기는 시인이 있다. 나는 아무래도 후자에 속하는 시인이다. 아침에 눈만 뜨면 시를 찾고 시를 읽는다. 요즘은 일간 신문마다 시 한 편씩 소개한다. 좋은 시 한 편을 아침에 읽으면 그날 온종일 기분이 좋다. 신문 잡지에 발표되는 좋은 시는 내 강의에 큰 도움을 준다.

아! 나의 문학 인생은 어느새 60여년의 세월이 흘렀구나. 1·4후퇴 때 고향인 안동에서 대구로 흘러들어온 나는 서문시장, 칠성시장, 교동시장을 무대로 장사하였다. 그리고 돈을 벌자 고향의 어머니와 동생들을 대구로 데려왔다. 6·25로 중퇴했던 학교도 대구에서 다시 다니게 되었다. 비록 오성중학교 야간부 학생이었지만 그 당시 유명했던 학원지에 시가 입선하여 실렸고, 「서울신문」신춘문예에 동시와 동화가 입선되어 문학의 문에 들어섰다.

1953년의 일이었다. 고등학교 때 「칡넝쿨」문학 동인을 결성하여 지금도 문학 친구를 만나고 있다. 고3 때 첫 시집 《별과 야학》을 내었는데 지금도 이를 이야기하는 사람들이 있다. 그러고 보니 나는 평생 문학의 힘으로 살았다. 아니, 나는 문학의 향기로 살았던 것이리라.

人生이란? "삶은 계란이오"

내가 세상에 태어나서 '인생이란 무엇인가?'를 처음으로 심각하게 생각해 본 것은 대학에 입학하고 나서였다. 그래서 대학 1학년 때의 교양과목 중 '철학개론'에 가장 흥미와 관심이 갔다. 그런데 김위석 교수라는 경북대학교에 계신 저명한 철학자가 강사로 와서 당신의 저서로 직접 강의를 하시는데 도무지 어려워서 이해가 잘 안 되었다. 그래서 나는 대구시청 옆 골목의 고서점에 가서 철학이라는 이름이 붙은 책은 모조리 사서 읽었다. 초대 문교부장관인 안호상 박사의 '철학개론'부터 각 대학 철학교수들의 교재인 '철학개론'을 수십 권 사서 읽었지만 머리만 더 혼란스러울 뿐 인생이 무엇인지? 철학이 무엇인지? 이해가 안 되었다.

종교의 속에 들어가면 인생이 무엇인지 알 것 같아서 고등학교 때부터 교회에 열심히 나갔다. 한때는 여호와의 증인의 회중에 쑥 빠져 보기도 하였다. 임마뉴엘 칸트도 80년 철학교수 생활의 마지막은 '인간학'이였다. 그러나 내가 우둔한 두뇌의 소유자인지 그의 '순수 이성 비판', '실천 이성 비판'같은 저서는 역시 내 능력 밖이었다.

1960년대 들어서서 김형석 교수가 쓴 '철학 입문', '철학 ABC'같은 책이 나와 철학을 쉽게 서술하였기에 이해하기 쉬웠지만 내용이 빈약하다고 여겨졌다. 박종홍 교수의 '철학개설'같은 어렵게 쓴 책이 그나마 나았다. 그러나 '인생이란 무엇인가?'라는 역시 막연한 질문의 정답은 찾지 못하였다. 10여년 전 원로 철학자 안병욱 교수와 인도 여행을 한 적이 있다. 나는 학창시절 그분의 '현대사상'이라는 책을 읽고 많은 지적 세계를 넓힌 적이 있기 때문에 그분과의 열흘간의 인도 여행은 많은 대화를 나눌 수 있는 기회가 되었다.

그 많은 철학서적 중 그래도 나의 마음을 사로잡은 것은 안병욱 교수의 '현대사상'이었기에 모처럼 인생에 대해서 유익한 대화를 가질 수 있었다.

인도가 낳은 세계적인 인물인 마하트마 간디와 타골 이야기, 직접 간디와 타골이 살았던 집과 죽음을 맞이한 장소도 가 보았다. 간디의 무저항 비폭력사상, 타골의 박학다식함에 안 교수와 나는 탄복하였다. 그리고 우리나라에는 타골만큼 공부 많이 한 사람이 없다는 데 공감하고 탄식하였다. "그래도 춘원 이광수가 타골에 가까운 박학다식한 문호가 아닙니까?"라고 안 교수에게 여쭈었더니 "한국에서는 춘원이지."하시는 것이었다. 그리고 고등학교 교사 시절 춘원의 "유정"같은 소설을 국어 시간에 낭송해 준 에피소드를 이야기하셨다.

사실 춘원 이광수는 우리나라 근대의 3대 천재 중 한 분으로 엄청난 공부를 하였다. '춘원 전집'을 보면 알 수 있을 것이다. 나는 영남대 국문과 교수 시절 춘원 이광수를 한 강좌로 대접해서 한 학기나 일 년간 강의하고 싶었다. 영문과에서는 세익스피어만 강의하고 있지 않은가. 한번 읽어보고 싶은 때가 있다. 그러나 춘원 전집을 읽어도 '인간이란 무엇인가?'에 대한 해답은 얻을 수 없었다. 그나마 그가 스승으로 모셨던 러시아의 문호 톨스토이를 알게 된 것이 크나큰 소득이었다.

톨스토이의 '인생론'은 고교 시절부터 지금까지 나의 가장 가까운 곳에 놓아둔 책이었다. 지금도 '인생이란 무엇이냐?'란 제목으로 3권으로 발간되어 서점가를 석권하고 있다. 춘원 이광수는 톨스토이 선생이라고 불렀듯이 톨스토이는 휴머니스트이고 위대한 사상가이다. 나는 지난해 모스크바에 한달 동안 머무르고 있는 동안 톨스토이의 생가를 찾아 간 적이 있다. 모스크바에서 남쪽으로 220㎞ 떨어져 있는 공업도시 뚤라시의 외각에 있는 톨스토이 집에 가본 순간 나는 너무 감격하였다. 내가 고등학교 때부터 가보고 싶었던 소망이 60여 년 만에 성취하였기에 감격하지 않을 수 없었다.

그는 너무 부자였기에 고민이 많았다. 백만 평이나 되는 그의 저택에는 지금도 관리인이 천 명이나 된다고 하니 가히 짐작이 갈 것이다. 그 많은 재산을 백여 명이나 되는 머슴(노예)들에게 나눠 준 과정에서 부인과 다투어서 가출, 객사하기까지 그는 엄청난 고민을 하였을 것이다. 그가 마지막 남긴 글이 '사랑을 연기하지 말라'이다. 그의 인생에 대한 '세 가지 질문'은 나에게도 평생 도움을 준 인생 질문이다. 즉 '인생에서 가장 중요한 때는 언제인가?', '인생에서 가장 중요한 사람은 누구인가?', '인생에서 가장 중요한 일은 무엇인가?'이다.

그러나 나는 톨스토이의 세 가지 질문을 평생 되뇌이며 살아왔지만 '인생이란 무엇인가?'라는 나의 근본적인 의문을 풀어주지는 못하였다. 어쩌면 인생의 본질에 대한 정답을 찾는다는 것은 불가능한 일인지도 모르겠다. 나는 문학 강의 시간에 문학, 인생, 사랑, 이 세 가지는 같다고 말해왔다. 그러나 '인생이란 무엇인가?'의 정답은 죽을 때 각자가 찾는 것이다. 질문은 할 수 있는데 정답이 없거나 각자가 찾아야 하는 것이 인생이고 문학이고 사랑이라고 말해왔다.

나의 고등학교 동기동창 중에서 장두성이라는 친구가 있었다. 나는 이 친구 때문에 시집을 위시해서 헌 책 수집가가 되었는데 이 장두성이는 어학의 천재였다. 고등학교시절 전국 영어웅변대회에 나가면 1등은 이 친구가 차지하였다. 대학 영문과 학생 시절, 그의 은사인 이성대 교수가 "두성이는 영남대 영문과가 생긴 이래 영어 천재라고 하셨다. 두성이 전에도 두성이 후에도 두성이보다 영어 잘하는 친구는 안 나올 것이다."라고 하셨다.

　이 친구는 대학 졸업 후 중앙일보에 입사하여 베트남 특파원을 하였는데, 1960년대 중반 베트남 전쟁에 한국군이 파병되었다. 이 친구는 월남전 파병군인들과 함께 부산항에서 배로 사이공항까지 20여일 걸려서 갔다. 가는 도중 하루는 달밤에 배의 갑판에 바람쏘이러 올라갔는데 한 육군 소위가 유행가를 부르고 있었다. 그 유행가가 최희준이 부른 '하숙생'이었다.

　이 친구 말로는 그때까지 자기는 유행가라면 무시했는데 그날 밤 그 노래를 듣고 어찌나 감동했는지 그 소위와 함께

울었다고 하였다. 인생을 그렇게 느껴보기란 처음이라고
하였다. '인생은 나그네 길. 어디서 왔다가 어디로 가는가…'
이 유행가는 그가 10여년 전 죽을 때까지 그의 18번이 되었
다. 그런 것을 보면 '인생이란 무엇인가?'의 본질을 알려고
수백 권의 종교서적, 철학서적, 문학서적을 탐독해도 한 부
분만 알 수 있을 뿐 만족할 만한 정답을 찾기 어렵다. 장두
성이처럼 유행가에서 인생을 느꼈듯이 나도 고희가 되어서
야 '인생이란 무엇인가?'에 대한 해답을 들을 수 있었다.

　얼마 전 부산 포럼에 참석하기 위해서 동대구역에서 부
산행 무궁화호 열차를 탔다. 대구에서 부산까지는 KTX를
타거나 새마을호를 타거나 무궁화호를 타거나 소요시간은
비슷하다. 그러니까 예약도 할 필요 없이 그때마다 시간에
맞는 열차를 탄다. 오히려 무궁화호를 타고 가면 가장 인간
미를 맛볼수 있다. 동대구역을 출발한 기차가 경산, 청도를
지나 밀양역에 도착했을 때였다. 내릴 손님이 다 내리자 밀
양역에서 탈 손님들과 함께 계란 바구니를 머리에 인 한 중
년 아주머니가 탔다. 그리고는 객차 안에서 외치는 것이었

다. "삶은 계란이오!" "삶은 달걀이오!" 하고 연거푸 외치는 것이었다.

　나는 그때 나도 모르게 무릎을 쳤다. '삶(人生)은 계란이다.' 바로 그것이다. 인생이란 바로 삶은 계란인 것이다. 수십 권의 철학서적에서 찾지 못한 人生의 정답을 계란 파는 (?) 아주머니에게서 얻게 된 것이다. '人生이란 무엇이냐?' 그 답을 거창한 데서 찾아 헤맨 지난 수십 년 간의 세월이 허망하게 느껴졌다. 진리란 지극히 가까운 데 있는 것을 수백 년 전의 철학서적에서 얻고자 헤맨 젊었을 때부터의 노력은 이 아주머니의 한 마디 외침 속에 다 침몰되어 버렸다. 기차가 부산에 도착할 때까지 나는 계속 중얼거렸다. '人生이란? 삶은 계란이다. 삶은 계란이오'하고…

일, 십, 백, 천, 만의 건강 법칙

　황사를 동반한 비가 갠 모처럼의 따뜻한 어느 봄날 오후, 나는 시간을 내어 경상감영공원을 산책하고 있었다. 내가 뇌졸중으로 쓰러지고 난 후 가장 많이 찾는 산책 장소가 이 경상감영공원이다. 공원에는 나와 비슷한 연배의 노인들로 가득 차 있었다. 여기저기 놓여 있는 긴 의자에는 빈 자리가 없을 정도였다.

　나는 공원을 몇 바퀴 돌다가 마침 빈 의자가 있어 잠깐 쉬고 있는데 휠체어에 할머니를 태운 한 할아버지가 내 앞을 지나가다가 내가 앉아 있는 의자의 옆자리에 앉았다. 나는 그 할아버지에게 "연세가 어떻게 되느냐?"고 물었더니 "자신은 91살이고 휠체어에 앉아 있는 할머니는 90살이다"라고 하였다. 부인(할머니)이 지난해 중풍이 와서 가끔 휠체어에 태워 산책에 나선다고 하였다. 나는 그 할아버지와 주로 건강에 관하여 대화를 나누다가 재미있는 이야기를 들었다.

환갑인 60세부터 건강이 내리막길을 걸었다면서 10년 단위로 건강상태를 설명하였다. 즉, 60대에는 건강이 해마다 달라지더니 70대에는 달마다 달라지더라는 것이다.

또 80대에는 날마다 달라지더니 90대에 들어서니 시간마다 달라진다고 하였다. 나보다 20년 연상인 그 할아버지가 나보다 더 건강해 보였는데 현재는 시간마다 다르다고 하니 참 이해할 수가 없었다.

나는 그 분에게 "이런 이야기도 있는데요?" 하면서 '88 99 234' 이야기를 하였다. 즉, 팔팔하게 구십구 세까지 살다가 이삼일 앓고 사망한다는 요즘의 유행어를 이야기하였더니 "이삼일이 아니고 114다"며 고쳐주었다. 아들자식이 이삼

일이지 며느리는 하루만 아팠다 사망하면 된다고 하는 것이란다. 역시 나이 들면 건강에 대한 관심이 제일 가는가 보다.

나는 건강할 때는 신문 잡지나 책을 읽어도 내 전공과 관계되는 문학 방면의 독서가 주가 되었는데 3년 반 전에 쓰러지고 난 이후에는 건강에 관한 정보가 관심이 가고 독서도 자연 이쪽 분야가 위주가 되어버렸다. 뇌졸중은 나로 하여금 반 의사가 되게 하였다.

내가 병원에 입원하고 있을 때 변호사인 한 친구가 문병 와서 "김 교수, 이제 걸어보겠나?" 하는 것이 아닌가. 나는 비록 누워있고 휠체어 타고 다녔지만 의식이 멀쩡했다. 그 말을 들으니 오기가 생겼다. 어떻게든지 반드시 걸어야지 하는 오기가 생겼다. 사실 무슨 병이든지 병에 지면 안되는 것이다. 병에 기죽으면 안 되는 것이다. 그러기 위해서는 기력을 길러야 하고 담력을 길러야 하고 체력을 길러야 한다. 이 세 가지만 기르면 병을 이길 수가 있다는 확신을 가지게 된다.

그러기 위해서는 '일, 십, 백, 천, 만'의 건강 법칙을 실천하기로 하였다. 즉 하루에 한(1) 가지씩 좋은 일을 하고, 하루에 열(10) 사람을 만나 대화를 나누고, 하루에 백(100) 자 이상 글을 쓰고, 천(1000)자 이상 읽으며(독서), 하루 만(10000)보씩 걷는다. 이것이 이른바 '일, 십, 백, 천, 만'의 건강 법칙이다. 이 이상 더 훌륭한 건강 법칙은 없을 것이다. 여기에다 내가 평생 실천해 온 건강 법칙이 있다. 잘 웃는 것이다. 포항공대의 한 학생은 "선생님은 언제나 웃는 모습이시고 잘 웃으시는데 그 비결이 뭐냐?"는 질문을 한 적이 있다. 나는 "웃음이 건강의 비결이며 장수의 묘약이기 때문이다"고 대답하였다.

그렇다. 신이 인간에게 준 가장 위대한 선물은 웃음이 아니겠는가? 나는 오늘도, 아니 죽을 때까지 이 '일, 십, 백, 천, 만'의 법칙을 실천할 것이다.

걸어라 · 웃어라 · 읽어라

내가 10여 년 전, 포항공대에서 정년퇴임하고 14년 만에
포항에서 대구로 이사 와서는 일 년을 넘기지 못하고 뇌졸
중으로 쓰러졌다. 그날 아침 친구 아들의 결혼식에 가려고
넥타이를 매다가 쓰러진 것이다.

퇴임 후 대구로 와서 건강이나 체크하고 휴식이나 취하
였으면 좋았을 것인데 대구세계문학제를 한다고 뛰어다녔
고 고령에 있는 가야대학교 문예창작과가 개설되었다고 강
의 요청이 있어 일주일에 사흘 동안 수업하러 다녔다. 그러
다가 2학기 말 시험을 일주일 앞두고 뇌졸중으로 쓰러져 병

원 신세를 진 것이다. 후회는 뒤에 오는 것이지만 쓰러진 다음에야 건강관리에 소홀했던 것을 후회한들 무슨 소용이 있겠는가? 내 몸은 반신불수가 되어 새로운 인생 2막은 꿈으로만 끝날 수밖에 없게 되었다. 아동문학평론가인 이재철 교수는 내가 쓰러졌다는 소식을 듣고는 "이제 대구세계문학제는 물 건너갔다"라고 하였다는 이야기를 나중에 들었다.

병원으로 문병 온 친구 중에도 "김 교수, 이제 걸어보겠나?"하고 안타까워하는 친구도 있었다. 반신불수가 되어 병원에 누워서 해를 넘겼고 휠체어 타고 다니는 신세가 되었다. 그러다가 구미의 평생교육원 강의는 쓰러진 뒤 9개월 만에 휠체어 타고 가서 강의하였다. 대구의 한 전문대학에서 10여 년 동안 강의했던 한누리독서지도사 과정의 강의는 후배에게 넘겨줬다. 그리고 몇 년간 투병생활이 계속되었다. 대학병원에 재활치료를 받기 위해 휠체어 타고 매일 다녀보았으나 반신불수가 된 망가진 왼쪽 팔다리는 회복될 기미가 보이지 않았다. 침도 많이 맞았다. 내가 한의과대학에 몇 년간 재직했던 인연으로 재자가 지어 준 한약도 많이 복용하였고, 매일같이 집에 찾아 준 한의사도 있었다. 그러다가 모스크바에 사는 며느리가 손자를 데리고 집에 다니러 왔다. 하나뿐인 아들은 아버지가 쓰러져도 올 수 없는 직업상의 입장 때문에 며느리만 손자를 데리고 온 것이다. 하루는 며느리가 "아버님, 왜 휠체어만 타고 다니십니까? 오늘부터 걸어보세요. 붙잡아 드릴게요!" 하면서 지팡이를 내 손에 쥐여주는 것이었다. 나는 며느리의 그 말을 들으니 섭섭한 생각도 들었으나 잠시뿐이었다. 반신불수가 된 왼쪽은 며느리가 붙잡고 오른쪽은 꼬마 손자가 손을 잡았다. 내가 뇌졸중으로 쓰러진 지 3개월 만의 일이었다. 첫날은 10m만 걸어도 주저앉았으나 매일 걷는 거리가 늘어났고, 한 달 후에는 내가 사는 아파트를 한 바퀴나 돌 수 있을 정도로 걸었다. 몇 년 후 대구 시내 한 성당에 있는 노인대학에 강연하러 가서 이 사실을 이야기하면서 옛날부터 "시아버지 중풍은 못된 며느리가 고친다."라는 속담이 있다고 그랬더니 신부님이 "그런 속담이 있었느냐?"하셨다. 이를 계기로 다른 노인대학에서도 강의하게 되었고, 지금도 매주 월요일이면 대구 반월당에 있는 '한비문예창작대학'에 고정적으로 몇 년째 강의하고 있다. 여기뿐만 아니라 그동안 백화점 문화센터, 문학강좌와 각 도서관과 노인대학, 시니어포럼 등 강연 요청이 오는 데는 거절하지 않고 전부 다니고 있다 이 모두가 며느리로부터 시작되었다고 해도 과언이 아니다.

내가 뇌졸중으로 쓰러진 다음 내세운 신조는 '걸어라·웃어라·읽어라'이다. 내가 걸어온 길이기도 하지만 앞으로 걸어갈 길이기도 하다. 이 세 가지 실천사항은 앞으로 죽을 때까지 <내가 가는 길>이다.

나는 원래 시골에서 초등학교 다닐 때 하루에 왕복 삼십리를 걸어 다녔다. 그것도 맨발로 다녔다. 가난했던 어린 시절, 고무신을 신는 것조차 아까워 학교 앞 냇가에서 발을 씻고 등교하였다. 그리고 대구로 와서 중·고등학교 야학에 다닐 때도 신문 배달 등 여러 가지 다니는 직업을 가졌다. 대학졸업 후 학교 교단에서 평생 서 있었으니 걷고 서고 다니는 데는 이골이 나 있었다. 참으로 많이 다녔다. 누군가 "건강비법이 뭐냐?" 물었을 때 나는 경상도 사투리로 "댕기는 거"라고 대답하였다. 뇌졸중을 극복하고 다시 일어난 것도 그러한 단련된 걷기 덕분이라고 생각한다.

두 번째 신조는 '웃어라'이다. 나는 원래 잘 웃는 낙천가였다. 세계 최고 장수자 기록을 장식한 쟌 칼망 여사는 평생을 "나는 죽을 때도 웃을 거야"라고 하였다. 칼망 할머니는 123세에 작고하였다.

세 번째 신조는 '읽어라'이다. 나는 얼마 전에 치매 검사를 받아보았다. 물론 만점을 받았다. 며느리 권유로 할 수 없이 검사해 보았는데 만점이라니 나도 웃고 며느리도 웃었다. 이는 활자 매체에 중독된 덕분이라고 생각한다. 버틀란트 럿셀이 99세로 죽는 날 아침에도 3천 자를 썼다고 하였는데 나도 눈만 뜨면 글을 쓴다. 거의 글쓰기가 생활화되었다.

내가 가는 길은 아무리 생각해도 <걸어라·웃어라·읽어라>이다.

강물 넘칠 땐 산 절벽길 오르고 기차 철교 건너 '집념의 등교'

파란만장한 내 인생은 안동 남후면 고향에서 시작되었다. 나의 어린 시절은 가난과 고통과 시련의 연속이었다. 슬픔과 외로움만이 가득 찼던 어린 시절이었다. 안동 남후초등학교 5학년 때 아버지를 여의고 나는 졸지에 어머니와 여동생 셋을 거느린 열두 살짜리 소년가장이 되었다. 아버지가 돌아가시고 나니 당장 주거지부터 옮겨야 했다. 남후초등학교 부근에 있던 무릉리 셋집에서 검암리 대실마을 본집으로 이사하였다. 나의 고생길은 이때부터 본격적으로 시작된 것이다. 우선 초등학교를 졸업하자니 우리 집이 있는 검암리 대실마을에서 무릉리 학교까지 왕복 30리도 더 되는 먼 거리였다. 요즘처럼 잘 닦여진 아스팔트길도 아니고 대실마을 앞 강을 건너다녀야 하고 검암들의 논둑길을 따라 계곡리까지 가야 소달구지가 다닐 수 있는 길이 나온다.

그리고 학교 앞의 냇물을 건너야 비로소 학교가 나온다. 나는 이 냇물까지 맨발로 다녔다. 냇물에 발을 씻고서야 들고 온 검정고무신을 신고 학교에 들어갔다. 이 30리 등하굣길을 책보자기를 어깨에 메고 검정고무신을 양손에 들고 1년 동안 걸어서 다녔던 것이다. 아니 뛰어다녔다는 것이 정확한 표현일 것이다. 검암들 논둑길을 뛰어가다 보면 뱀도 만났고 개구리도 만났다. 요즘처럼 장마철이면 아침에 건넜던 마을 앞 강물이 불어서 저녁 하굣길에는 건널 수 없을 정도였다. 참으로 막막한 처지에 놓였다. 그때 한 친구가 강 언덕 버드나무에 매어둔 소를 가리키며 "소 타고 가자"고 하였다. 소는 시간만 나면 강 언덕의 풀을 뜯어 먹게 하던 시절이라 비가 많이 오면 나무에 묶어두고 집에 쉬러 가는 것이다. 그러니까 누구 집 소인 줄도 모르고 우리는 나무에 묶어둔 소를 한 마리씩 풀어서 옷을 벗어 소뿔에 휘감아 묶고 소 꼬리를 꽉 붙잡고 강을 건넜다.

예나 지금이나 무슨 일에든 앞장서기를 좋아하는 내가 제일 먼저 소를 몰고 강에 들어가면 다른 친구들도 소 꼬리를 잡고 강을 건넜다. 지나간 것은 다 아름답듯이 60여 년이 지난 지금도 소 꼬리를 잡고 강을 건너 집에 갔던 일을 가끔 떠올릴 때가 있다.

또 하나 대실마을 앞 강은 낙동강 지류이지만 한 1㎞쯤 강 상류로 올라가면 풍산들이 바라보이는 낙동강이 나온다. 장마철이 지나면 잉어떼들이 이 낙동강에서 활개를 친다. 친구들과 나는 낫 한 자루씩 들고 잉어를 잡으려고 강물에 뛰어들어갔다. 친구들은 낫으로 잉어를 잘 잡는데 나는 한 번도 잡아 본 적이 없었다. 잉어들을 향해 낫을 힘껏 내리쳤는데 잉어는 어느새 달아나 버리는 것이다. 그뿐인가. 잉어가 달아나면서 내 뺨을 한 대 철썩 갈기고 달아나 버린 일도 있었다. 나는 어처구니가 없었지만, 지금 생각해도 아름다운 시절의 추억거리다.

내가 6학년 졸업반이라 늦게까지 학교에서 수업 마치고 집에 오면 어두컴컴한 밤이 된다. 마을 앞 강을 건너면 어머니가 언제부터 와 계셨는지 저만치 홀로 서서 마중 나와 계셨다. 이때의 모자간 만남은 먼 훗날은 물론 지금도 나의 가슴에 진한 감동으로 남아 있다. 그리고 어머니는 안 되겠다 싶어서인지 무릉리에 살았던 셋집으로 다시 이사를 하였다. 순전히 우리 남매들이 학교에 다닐 수 있도록 하기 위해서였다. 그러니까 검암리에서 남후초등학교에 다녔던 시기는 일 년이 채 안 된다.

남후초등학교의 졸업식은 '울음식'이었다. 몇몇만이 안동에 있는 중학교로 진학하고 대부분 아이들은 초등학교가 마지막 학벌이기에 서로를 끌어안고 서럽게 울었다.

1949년 8월 어느 날, 남후초등학교 졸업식을 얼마 앞둔 이른 새벽. 나는 무릉역에서 안동으로 가는 기차에 몸을 실었다. 안동에 있는 중학교로 입학시험을 보러 가는 날이었다. 그때는 9월 입학이었고 중학교는 6년제였다. 내가 안동행 기차 안에서 혼자 느꼈던 뼈저린 외로움은 평생 벗어날 수 없는 굴레였다. '나는 혼자구나' 하는 외로움! "아버지 없이 자란 사람은 외로움을 잘 느끼고 어머니 없이 자란 사람은 슬픔을 잘 느낀다"는 말을 심리학에서 본 적이 있듯이 나는 평생 이 외로움을 떨쳐버리지 못하고 지금껏 살았던 것이다. 이렇게 해서 입학했던 학교가 안동농림중학교 임과였다. 농과와 임과, 축산과 세 개 학과 중 임과에 입학한 것은 아버지의 만년의 꿈이 과수원을 하는 것이었기 때문이었다.

그때 안동농림중학교는 일제강점기 때부터 있었던 유일한 명문학교였다. 그러나 나는 이 중학생 생활을 일 년도 안 돼서 끝내야 했다. 입학식 날까지 등록금을 납부하지 못해서 교장실로 불려가 울기만 했던 일은 지금까지도 내 가슴속에 떨쳐버리지 못한 사연으로 남아 있다. 지난해 손자의 중학교 입학식에서 행복해하는 손자의 모습을 보니 60여 년 전의 내 입학식 광경이 떠올라 학교 체육관에 가서 혼자 울었던 기억이 있다. 아무런 생활능력이 없는 어머니는 아들을 무조건 공부시켜야겠다는 일념밖에 없었고 입학 등록금을 입학식 날까지도 장만하지 못하셨다.

두 분의 숙부님은 조카의 중학교 입학을 못마땅히 여기셨다. 한 분은 무관심으로 일관하셨고, 한 분은 중학교 갈 돈이 있으면 그 돈 당신에게 달라고 무기력한 형수(어머니)를 윽박지르기까지 했다. 어머니는 결국 친정(안동 권씨)에 가서 빌려다가 입학 등록금을 늦게나마 내주셨다. 이리하여 대실마을이 생긴 이래 나는 최초로 중학생이 된 것이다. 마을의 이웃들은 잘 되었다고 축하해 주는데 유독 두 분의 숙부와 숙모만이 못마땅해하셨다. 그리고 어머니는 학기 때마다 등록금 마련을 위해 친정에 가서 돈을 빌리셨다. 아무리 친정이지만 돈을 빌리기만 하고 갚지를 않으니 2학년 때 친척 한 분이 학교에 찾아와서 빌린 돈을 안 갚는다고 야단치며 하굣길의 나를 불러다 혼을 낸 일까지 있었다.

먼 훗날 내가 영남대학교 교수로 있을 때 외사촌 형님 한 분이 몹쓸 병으로 경북대병원에 입원해 계실 때 문병갔더니 내 손을 붙잡고 "안동에서 공부할 수 있게 못 도와준 것이 미안하다"고 말씀하셨다. "친가에서 공부 못 시켜주면

외가에서 시켜줘야 하는데 그러지 못했다"고 하시면서 내가 약값으로 드린 약간의 위로금을 돌아가실 때까지 쓰지 않으셨다고 한다. 이처럼 어렵게 중학생이 된 기쁨도 일 년 뿐, 그 이듬해인 1950년에 6·25전쟁이 발발하자 안동에서의 나의 중학생 생활도 중단됐다.

안동농림중학교 2학년 때의 일이었다. 당시 입학 시기가 개정되어 1950년부터 9월 입학이 4월 입학으로 바뀌었다. 그러니까 나는 1949년 9월에 입학하였고, 1950년 4월에 2학년이 된 것이다. 2학년이 된 지 두 달 만에 6·25전쟁으로 나의 학업은 중단된 것이다.

6·25전쟁 때 우리 가족들은 청도군 매전면까지 피란을 갔었다. 중학교 복학할 형편이 안 되니까 그 대신 취직의 길을 택했다. 이웃에 사는 친구 어머니의 주선으로 모교인 남후초등학교에 급사(사환)로 취직한 것이다. 이때가 우리 가족들이 아버지가 돌아가신 뒤 처음으로 안정된 생활을 한 시기라 할 수 있다. 말단 급사였지만 공무원이어서 정상적인 월급을 받았고, 때로는 쌀 한 가마니의 보너스까지 받았

으니 먹고살기에 다소 여유가 생겼다. 나는 아침 일찍 학교로 출근하면 청소하고, 시간마다 수업을 알리는 종을 쳤다. 선생님들 심부름을 하는 등 참으로 바쁜 직장생활을 하였다. 불과 2년 전만 해도 상상도 못한 일이었다. 그만큼 아버지의 자리가 엄청나게 컸었던 것이다.

다른 친구들이 지게를 지고 나무를 하러 갈 때 나도 같이 가고 싶어서 따라갔더니 아버지가 "공부는 안 하고 위험한 짓을 한다"고 야단치신 적이 있었다. 나는 가끔 주변 친구들이 아버지한테 야단을 맞았다는 말을 들으면 나도 야단치시는 아버지가 계셨으면 하고 부러운 눈으로 친구들을 쳐다보곤 했다.

하루 일과를 마치면 오르간이 놓여 있는 교실에 들어가 오르간을 쳤다. 물론 혼자서 악보를 보고 익혔다. 그때 얼마나 열심히 오르간을 쳤던지 '이별의 노래' '졸업의 노래' 등 어지간한 곡은 다 칠 줄 알았다. 그때는 피아노가 없던 시절이라 오르간을 치는 것만으로도 대단한 자부심을 가질 수 있었다. 하루는 정신없이 오르간을 치고 있는데 교실 창 밖으로 동네사람들이 몰려와서 내가 오르간을 치는 모습을 보고 노래를 감상하는 것이었다.

대실마을 앞 강물이 불어 등교할 수 없게 되면 나는 강 이쪽 산의 절벽길을 따라서 무릉리의 기차 철교를 건너서 학교에 가기도 했다. 다른 친구들은 학교 가기를 포기해도 나는 그 험한 길을 걸어서 학교에 다녔다. 지금 생각해도 학교에 다녀야겠다는 한 가지 집념밖에 없었던 것 같다. 어린 나이에 어떻게 무서움을 이겨내고 다녔을까? 문득 남후초등학교 때의 친구들이 그리워진다. 공부 제일 잘했던 서영수, 무릉역장 아들인 김택정은 내가 검암리로 이사가서 힘들게 통학하는 걸 안타까워해서 자기 집으로 데려가 같이 자기도 했다. 무릉리에서 제일 부잣집 아들 권혁동, 가장 먼저 죽었는데 죽기 전 나를 몹시 보고 싶어 했다고 한다. 올해 봄, 나와 앞뒤에 앉아서 공부했던 친구 서윤식에게 전화를 했더니 안동에 오면 만나자고 해서 몇 달 뒤 안동 가는 길이 있어서 전화했더니 이미 고인이 되었다고 했다. 남후면장도 하고 평생을 남후면사무소에서만 근무한 친구였는데…. 또 얼마 전 남선면에서 후남초등하교에 다니던 권삼석이라는 친구에게 전화했더니 투병 중이란다.

세월이 흘러 이제는 생존하고 있는 친구가 몇이나 있는지 참으로 그리워진다. 지나간 것은 다 아름답다고 추억을 먹고 살아갈 수밖에….

죽은 친구의 아름다운 우정

지금부터 한달 보름 전 쯤 7월 2일 아침 9시 경이었다. 고등학교 동창인 박해용이라는 친구한테서 전화가 왔다. 오늘 낮에 만나서 점심이나 하자는 것이었다. 박해용이는 6년 전에 폐암 진단을 받고 수술까지 하였고 경과가 좋아서 한 5년 동안 잘 지냈는데 지난 해 다시 암이 재발하여 항암치료를 받고 있는 중이라는 소식을 들었던 터라 내가 먼저 찾아가야겠다는 생각을 늘 하고 있었지만 차일피일 미루고 있었는데 뜻밖에도 그가 먼저 전화 해왔기에 미안한 생각도 들고 반갑기도 하였다.

그뿐인가. 4년 전 내가 뇌졸중으로 쓰러져 병원에 입원해 있을 때 고등학교 동창 친구 중에서 가장 먼저 문병 왔을 뿐만 아니라 많은 동창 친구들에게 연락을 해서 문병 오게 만들었다.

그는 너무 착하고 동창 친구들을 위해서는 궂은 일은 도 맡아 심부름한 참으로 좋은 성격의 소유자였다. 젊었을 때 신문사 공무국에서 일을 하였고 신문사 퇴사 후에는 남산 동에서 돼지 불갈비 식당을 경영하였다. 물론 나와 동창들 은 그 식당을 많이 이용하였다. 그리고 그의 자녀 결혼 때 내가 주례를 서 주기도 하였다. 동기 동창이라 서로 말을 터 놓고 이야기하는 사이였지만 그는 항상 내게 경어를 사용 하였다. 그만큼 친구 사이면서도 항상 조심스럽게 내게 대 하는 것 같았다.

7월 2일 낮 12시 그와 나는 향촌동의 한 식당에서 갈치 정 식을 놓고 마주 앉았다. 그도 항암치료를 받고 있는 중이라 몸이 몹시 초췌하였고 식사도 하는 둥 마는 둥 건강상태가 별로 좋지 않아 보였다. 말도 기운이 없어서인지 모기소리만큼 작아서 잘 알아 들을 수가 없었다. 점심을 겨우 마치자 그는 들고온 1호 봉투에서 돈이 든 흰 봉투 한 개를 꺼내더니 내 앞에다 놓는 것이었다.

나는 "이게 뭔데?" 하니까 그는 장황하게 설명하는 것이었다. "김 교수는 내게 그 동안 길흉사의 부조를 다섯 번이나 하였는데 나는 김 교수에게 세 번밖에 못하였다. 그러니까 이것을 받아 달라"는 것이었다. 나는 물론 사양하였다. 친구 사이에 부조를 한두 번 더 했다고 그걸 따져서야 되겠는가. 더 할 수도 덜 할 수도 있는 것이 친구 사이의 부조가 아닌가? 그러나 나는 결국 그 돈봉투를 받고서야 일어섰다. 그의 마음씨에 너무 감동하여서였다. '세상에 이런 친구가 있었다니…' 나는 여태까지 그에게 너무 소홀했던 것이 후회스러웠다. 이제 자주 찾아 우정을 나누면서 여생을 건강하게 보내자고 인사를 나누고 그날 박해용과의 만남은 끝났다.

그리고 그때까지만 해도 그와의 마지막 만남이 될 줄 꿈에도 생각 못하였다. 그는 7월이 다 가기 전 이승을 뜨고야 말았다. 나는 그의 장례식장에 가서 또 한 번 놀랐다. 나처럼 그에게서 돈 봉투를 받은 친구가 다섯 명이나 더 있었기 때문이었다. 지금 생각해보니 그는 그때 죽음을 예감하고 있었던 것 같고 죽기 전에 정리할 것을 찾아보니 길흉사 때의 부조 상황이었던 모양이다. 그러나 말이 쉽지 이런 일을 행동으로 죽기 전에 실천한다는 게 쉬운 일인가?

지난 3년 반 동안 내가 중풍 환자로 지내면서 내 주변의 친구 판도가 확 달라졌다. 매일같이 만나다시피 했고 시간만 있으면 장기 뜨고 놀던 친구는 내가 쓰러지고 나니까 절교 선언을 하는 것이 아닌가! 아픈 친구와는 안 만나겠다는 것이 자기 철학이라는 것이다. 나는 '그래도…' 하는 생각이 들어 전화를 여러 번 했으나 내 목소리만 들으면 "알았다"는 한 마디만 하고는 먼저 끊어 버리는 것이다. 마치 원수진 사람처럼 대하는 것이다. 대학 때 만나서 자장 가까웠다고 생각한 나의 지난 40년 우정이 내가 뇌졸중으로 쓰러짐으로써 끝나버린 것이다. 내가 불치의 병에 걸린 것보다 더 큰 충격을 이 친구는 나에게 주었다.

반면에 이상배라는 친구는 아프기 전에는 그냥 대학교 국문과 동창생 중의 한 명이었다. 그러나 내가 병원에 입원해 있을 때나 퇴원하여 집에 있을 때나 3년 동안 하루도 빠짐없이 아침마다 안부 전화가 온다.

나는 문득 미국의 줄리아나 뉴욕 시장을 생각했다. 그는 10여 년 전 미국의 인기 정치인이었다. 그래서 클린턴 대통령의 바통을 이을 대통령 후보로 부각되어 뉴욕 시장직을 그만두고 대통령이 되기 위한 준비에 들어갔다. 그런데 갑자기 암 선고를 받게 되어 대권 도전의 꿈을 접어야 했다. 그런데 한 친구가 매일 아침 그에게 위로 전화를 하는 것이 아닌가. 그래서 그의 자서전에서 "내가 대통령이 된 것보다 그의 전화를 받는 것이 더 행복하였다"고 썼다. "내가 병상에 있어도 매일 아침 전화해 주는 친구가 있어서 나는 행복하다"는 줄리아나의 이 말이 내가 이상배의 전화를 받을 때마다 생각이 나서 행복에 잠겨보는 것이다.

나는 비록 뇌졸중 환자가 되었지만 이상배나 박해용 같은 친구가 있어 행복한 나날을 보내고 있는 것이다. 대구 화장터에서 검은 연기로 날려 보낸 박해용이의 죽음을 생각하면서 이 친구의 우정을 진하게 느꼈다. 다시 갚을 길 없는 아름다운 우정이여!

모스크바의 푸시킨 문학박물관

　러시아 전역에는 시인 알렉산드라 푸시킨(1799~1837)을 기념하기 위한 문학관들이 수없이 많다. 푸시킨은 러시아 인들로부터 가장 사랑받는 국민시인일 뿐만 아니라 '현대 러시아 문학어'와 새로운 전형의 러시아 문학을 창조하였 기 때문이다. 나는 아들(동아일보 특파원)이 모스크바에 살 고 있기 때문에 일 년에 한 번씩은 모스크바에 가게 되는데 그때마다 모스크바와 상트 페테르부르크에 있는 푸시킨문 학관에 가본다.

　그곳에는 푸시킨과 관련된 것이라면 메모지 한 장도 버

리지 않고 잘 보관하고 있다. 참으로 부럽기 그지없다. 푸시킨 문학관 가운데 가장 대표적인 것은 모스크바의 박물관이다. 모스크바 중심지인 페르치스텐카 거리에 있는 이 박물관은 1937년 푸시킨 서거 100주년을 맞아 세워졌다. 그때까지 푸시킨을 기념하는 문학관으로 가장 큰 것은 상트 페테르부르크에 있었다. 푸시킨이 태어난 모스크바에는 푸시킨 기념 문학관이 없었던 것이다. 모스크바 시민의 여론에 따라 이곳에다 푸시킨 기념문학관을 건립하기 시작하였으나 2차 세계대전이 일어나 일단 무산되었다.

그 후 이런 저런 사정으로 개관이 지연되다가 1961년에야 정식으로 개관되었는데 러시아 전국의 개인 소장자들로부터 유필 원고와 초상화들, 푸시킨이 생전에 갖고 있던 가구 등등 여러 소장품을 기증받아서 개관하였다. 그 중에는 푸시킨의 갓난 아기 모습을 그린 초상화나 사망 직전 의사가 달려왔던 왕진용 가방과 의료기구 따위, 당시 생활상을 볼 수 있는 진기한 것도 많이 소장하고 있다. 현재 20만 점 정도를 보관하고 있다고 하니 가히 그 규모를 짐작할 수 있을 것이다. 모두 15개의 홀에 그의 생애를 시간별로 한눈에 다 볼 수 있도록 진열하고 있다.

1997년 모스크바 정도 850주년과 1999년 푸시킨 탄생 200주년을 맞아 대대적인 보완 수리 끝에 현대적인 문학박물관으로 새롭게 단장하였다.

나는 1999년 처음으로 이 푸시킨 문학관을 찾았을 때의 감동을 지금도 잊을 수가 없다. 러시아는 당시 우리나라와 마찬가지로 IMF 체제 하에 있었다. 외화의 고갈로 돈이 없었을 때임에도 불구하고 막대한 예산을 들여 이 문학관을 호화판으로 단장하였으니 문학예술을 첫째로 생각하고 있는 정부가 아니고서는 불가능한 일이다. 당시 캉드쉬 세계은행 총재가 모스크바로 달려와서 이 푸시킨 문학관의 호화판 수리를 나중에 할 것을 건의하였으나 러시아 정부의 문화예술 최우선 정책을 저지하지는 못하였던 것이다.

"달러를 빌려주기 싫으면 그만둬라, 우리는 시베리아의 감자로 연명할지언정 문화예술 최우선 정책을 바꾸지 않는다"고 캉드쉬에게 러시아 총리가 말했다는 것이다. 우리나라와는 너무도 다른 정책 입안이다. 우리는 경제 불황에 처하게 되면 문화예술 분야는 뒷전으로 미루어 놓지 않았던가. 실제로 IMF 때 문화예술은 꼴찌의 자리마저 대접받지 못하지 않았던가.

모스크바 푸시킨 기념문학관에 찾아오는 그 많은 방문객을 보고 나는 몹시 부러웠다. 우리나라는 앞으로 100년이 흘러도 이 모스크바 푸시킨 문학관과 같은 초호화판 기념관을 갖지는 못할 것이다. 이 푸시킨 기념 문학관을 찾는 방문객의 행렬을 보고, 러시아 국민의 문학예술에 대한 관심과 애정이 어느 정도인가를 알 수 있을 듯 싶다. 월요일과 화요일은 휴관이다.

대구에서 인연 맺은 시인들

1969년 5월 어느날, 수업을 마치고 연구실에서 쉬고 있는데 박양균선생한테서 전화가 왔다. 박남수선생이 대구에 오셨는데 저녁에 같이 만나자는 것이었다. 나는 그때 영남대학교 여자초급대학 국문학과의 신출내기 조교수로 한창 공부하고 가르치느라 바쁠 때였다. 퇴근하고 박양균선생과 약속한 장소로 나가니 서울서 오신 박남수선생이 와 계셨고, 이것이 인연이 되어 두 박선생 덕택으로 내가 한국시인협회 회원이 되었다. 그때까지 나는 두 권의 시집을 발간하였지만 2인 시집이었다. 즉 1957년 서영수시인과 함께 유치환시인의 서문(추천)을 받아 '별과 야학'이라는 2인 시집을 내었고 1964년에는 민경철시인과 함께 '과실 속의 아기씨'라는 2인 시집을 발간하였다. '과실 속의 아기씨'는 박양균선생이 서문을 써 주셨다. 박양균선생은 「문예」지 출신으로서 50년대 초 '두고온 지표', '빙하'등의 주옥같은 시집으로 한국시단의 주목을 끌었고 대구의 학생 문학동인인 "칡넝쿨"의 지도시인으로 활약하고 계셨다. 나중에 한국시인협회 회장을 지내신 김종길선생과 막역한 친구 사이로 50년대 중반 어느날 내가 박양균선생 댁을 방문하였더니 김종길선생이 먼저 와 계시다가 내가 인사를 드리니 "대구의 시인은 양균이밖에 있나?"하시는 것이었다. 그 말을 들으신 박양균선생은 "한국에서 영문학자는 종길이밖에 있나?"하시는 것이었다. 50년대 말 내가 대학에 입학해서 김종길시인의 문학강의를 듣게 되었는데 교재가 별로 없던 시절이라 <희망>이라는 대중잡지를 한 권씩 사오라고 하셔서 교과서로 사용한 적이 있다. 30대 초반의 김종길시인, 아니 김종길교수는 하늘도 없는 듯한 자신감이 넘치는 걸음으로 강의실에 들어와서는 박학다식한 문학강의를 하셨다. 언젠가 시인협회 세미나에서 김춘수시인이 "김종길시인만큼 박식한 사람 보지 못하였다."고 감탄하실 정도였다. 김종길 시인의 별명은 LP판이었는데 어느 좌석이든 김종길선생이 참석한 모임에서는 다른 사람에게 발언할 기회를 주지 않았다. 한번 이야기를 하시면 계속 당신 혼자서 이어나가시는 것이었다. 그걸 중도에서 차단시킬 수 있는 사람은 박양균선생밖에 없었다. 89년인가? 전주에서 시협 세미나가 있었는데 김종길선생이 주제발표를 하시었다. 질의 시간에 박양균선생이 일어나서 "종길이는 문학이론은 박식한데 시는 볼 줄 모른다."고 하시었다. 그 말에 김종길선생은 서운하셨는지 나중에 식사 자리에서 "양균이 내게 그렇게 말할 수 있나?"하시는 것이었다. 일 년 후인 90년 5월 박양균선생이 별세하셨을 때 문상을 오셔서 "내가 이 친구한테 난생 처음으로 절을 한다."고 하시면서 큰절을 하시는데 곁에서 지켜본 나는 두 분의 진한 우정을 느꼈다. 나는 그때 김종길선생과 맺은 인연으로 30년 후 포항공대가 개교하였을 때 문학을 담당하는 정교수로 부임하게 되었다. 포항공대 초대 학장인 김호길박사는 김종길선생의 집안 동생이었고 김종길 선생은 포항공대 교가 작사자이기도 하다. 1957년 내가 서 영수시인과 함께 <별과 야학>이라는 시집을 내었을 때 유치환선생이 서문을 써 주셨다고 앞에서 말한 바가 있다. 그 때는 경주고등학교 교장으로 계셨는데 자유당 정권 말기 시를 한편 잘못 발표하여 교장직에서 해임당하시었다. 이 승만 대통령 동상을 서울 남산에다 건립하였는데 유치환선 생을 그것을 빗대어 "잠깐만 내려앉아 주십시오. 당신은 그 자리에 앉아 있기에는 아직 멀었습니다."는 시를 경향신문 에 발표하여 자유당정권의 미움을 사서 결국 경주고등학 교 교장직에서 쫓겨나시어 무직자가 되신 것이다. 할 수 없이 대구로 나오시어 유치환선생 부인이 경북여고 뒷문 쪽에 막걸리 술집을 차리시었다. 나는 학생이라 자주 가지는 못하였지만 어쩌다 가보면 손님은 없고 유치환선생 혼자서 술을 마시고 계시었다. 술을 너무나 좋아하신 청마는 부인이 뒷받침해주시니 오죽 좋겠는가? 이렇게 실직자의 울분을 술로 달래시었던 것이다. 만일 1960년 4.19혁명이 성공하지 못하였다면? 그래서 유치환선생이 대구여고 교장으로 복직하지 못하셨다면? 유치환선생은 주태백이 시인으로 몰락하셨을지 모른다. 박양균선생이 경상북도지사도 만나 부탁하시는 등 유치환선생의 교장 복직을 위해서 뛰어다니시던 모습이 지금도 눈에 선하게 떠오른다. 그때는 중등학교 인사는 도청 학무과에서 맡았던 것이다.

1961년 5.16정변이 일어나기 직전이었다. 하루는 대낮에 대구 중앙로 향촌동 입구에서 고무신을 신고 가시는 유치환선생을 우연히 만나게 되었다. "선생님 어디 가십니까?" 하였더니 "교장 회의에 간다."고 하시었다. 그리고 시계를 들여다 보시더니 "가자."하시는 것이었다. 나는 "어디로 가시는데요?"하고 유치환선생을 따라 갔었다. 경북도청 가는 길에 있는 향촌동 어느 술집으로 나를 데리고 들어가셨다. 교장 회의가 오후 3시에 있는데 아직 반 시간이나 남았다는 것이었다. 막걸리 한 주전자 놓고 둘이서 마시는데 내가 한 잔 비우면 유치환선생은 다섯 잔을 마셨을 것이다. 이렇게 대낮부터 술을 시작하니 교장 회의고 뭐고가 없는 것이다. 나중에 대구여고 어느 선생에게서 들으니 유치환교장선생은 교장 회의에 자주 불참하신다는 것이었다. 학교에서는 교장 회의를 가셨다 하는데 도청 학무과에서는 안 오셨다고 전화가 온다는 것이다. 어렵게 교장직에 복직하셨는데도 유치환교장은 여전히 "농띠"이신 것이다. 이는 다 문학과 술 때문이라고 생각하니 새삼 그리워진다. 기인이 그리운 세상이 된 것이다. 나는 그때 유치환선생에게 시인이 된 동기를 질문하였는데 "중학교 때 연애편지 쓰다가 시인이 되었다."고 하시었다. 연애편지 한 장 쓰는데 밤을 지새웠다. 다듬고 고치고 하다 보니 연애편지가 연애시가 되어 버렸다는 것이었다. 나는 "몇 통이나 쓰셨는데요?"하니까 유치환선생은 "한 200통 썼지."하시면서 특유의 웃음을 띠우시었다. 68년 초 유치환선생이 부산에서 작고하신 후 시조시인 이영도여사에게 20년 동안 2000통의 편지를 보내셨고 이것이 "사랑하였음으로 행복하였네"라는 책으로 발간되어 문단의 화제가 된 적이 있다.

김춘수선생과의 인연도 빼 놓을 수가 없다. 1960년대 말 한국문인협회 경북지부장에 김춘수시인이 출마하셔서 박양균시인과 함께 도와드린 것이 인연이 되어 그 후 퍽 가깝게 지내게 되었다. 1970년대 초 내가 대구의 대명동에서 만촌동으로 이사를 갔더니 이웃에 김춘수선생 댁이 있었다. 나는 자연히 김춘수선생 댁에 자주 찾게 되었고 80년 초 김춘수선생이 경북대학교 교수에서 영남대학교 교수로 옮기신 후 영남대학교 국문학과에서 같이 근무하게 되었고, 82년도 김춘수선생의 회갑기념논문집을 내가 맡아서 간행한 인연도 있다. 80년 초 신군부의 실세인 권정달씨를 찾아갈 때도 나와 함께 갔었고 국회의원이 되신 경위도 나는 소상히 알고 있다. 내가 대구에서 인연 맺은 김종길, 박양균, 유치환, 김춘수 시인 중 김춘수시인만큼 정치에 관심이 있는 시인은 없을 것이다. 언젠가 한국시인협회 회장 자리를 놓고 김춘수시인이냐? 김종길시인이냐? 할 때가 있었다. 그때 김남조시인이 내게 물으셨다. 두 분 중 누가 적임자냐? 하시길래 나는 김춘수시인이라고 답한 적이 있다. 이는 개인의 정치력 역량과는 관계없는 일이다. 또 한 분 잊을 수 없는 시인이 조병화시인이다. 조병화선생은 대중성이 있어 대구나 포항에서 문학강연 등 문학행사가 있으면 자주 초청하였다. 나도 그 인연으로 세계시인대회에 조병화선생을 따라 나간 후 여기저기 20여년 동안 많이도 다녔었다. 비록 대구라는 지역에서 시작 활동을 하였지만 우리나라의 쟁쟁한 시인들과 인연을 맺은 덕택으로 많은 공부를 할 수 있었다. 시인협회의 세미나나 야유회에는 해마다 빠지지 않고 참석하였다. 여행도 하고 공부도 하니 어찌 기쁘지 아니하랴. 한국시인협회 중앙위원 상임위원을 수십 년 하였고 한국문인협회 경북지부장과 부이사장도 해 보았다. 지나간 것은 다 아름답듯이 이제는 추억만으로 살아가고 있는 것이다. 나는 끝까지 대구를 지키고 싶다.

지방에서 문단생활 한다는 것

　나는 평생 지방에서만 살았다. 6.25전쟁 직후 고향인 경북 안동을 떠나 대구에 와서 중, 고등, 대학. 대학원을 마치고 40년을 교단에 섰었다. 열두 살에 소년가장이 된 덕분으로 학교는 고향에서의 초등학교만 빼고 중학교에서 대학원 졸업할 때까지 12년 동안 야간학교에만 다닌 이른바 주경야독의 표본적인 인물로 평가받았다. 야간부 학교를 12년 동안 다녀서 기네스북에 오를 정도였으니까 알 만할 것이다. 대구 오성중하교 야간부 3학년 때 「야학」이란 시를 써서 그 당시 유명했던 학생잡지 「학원」에 김용호시인이 뽑

아주셔서 실린 적이 있다. 하기야 그 전에 서울신문 신춘문예에 동시와 동화가 입선된 적이 있고, 「학원」에 「야학」을 발표할 전후해서 「소년세계」, 「새벗」, 「학생계」에도 내 작품이 실렸었다. 대구 오성고등학교 야간부에 다닐 때는 이곳 일간지인 영남일보와 대구일보 등에 많은 시를 발표하여 이른바 학생문단에서 명성을 떨쳤었다. 그 당시의 전국적인 사회현상 이었지만 대구에서도 중고등학생들의 문학활동이 왕성했고 각종 문학상을 받은 친구끼리 모여 <칢넝쿨>이라는 문학동아리를 만들었는데, 70이 넘은 지금까지도 계속 활동하고 있다. 고등학교 3학년 때는 서영수시인과 둘이서 <별과 야학>이라는 학생시집을 청마 유치환선생의 서문을 받아 발간하여 문단에 화제거리가 되었다. 아마 고등학생이 시집 발간한 것은 전국에서 처음 있었던 일일 것이다. 50여 년 전의 이야기이다. 그때 <칢넝쿨>문학동인의 지도 선생은 박양균시인 이었다. 매주 한 번 씩 회원들이 다녔던 학교 교실을 빌려서 작품 품평회를 가졌었는데 박양균시인은 자전거를 타고 오셔서 열성적으로 지도

해 주셨다. 회원은 현재 문협 부이사장인 박곤걸시인을 위시하여 서영수, 장윤익(문학평론가) 등 10여 명이었다. 고등학생들의 문학동아리가 대학 강당을 빌려서 '문학의 밤'을 성대하게 열었고, 대구 미문화원 화랑을 빌려서 시화전을 개최하는 등 대구지역 문단의 숱한 화제를 남겼다. 문학의 밤에 드는 낭송작품집 같은 경비를 나의 월급에서 부담해서 개인적으로는 생활에 불편을 겪은 적이 있었다. 나는 그때부터 사회성이 뛰어났다는 평을 친구들로부터 들었다. 1960년대 초 5.16구테타 이후 현재의 한국문협이 창립되었고 대구에서도 경상북도지부가 결성되었는데 그 가교 역할의 중심인물이 박양균시인이었다. 초대 경북지부장은 유치환시인이었지만 실제 조직과 운영은 부지부장인 박양균시인이 다 맡았다. 유치환시인은 지부장이 된 지 얼마 안 되어 직장이 대구여고 교장에서 경남여고 교장으로 전근 가셨고 그 뒤를 이은 박양균시인이 경북지부장이 되시니 나도 덩달아 바빠졌다. 기관지 <계간문예>의 편집을 맡는 등 경북문협의 심부름은 거의 내가 맡아서 하였다. 박양균시인은 1960년대에서 1970년 초까지 몇 차례 문협 경북지부장을 하시면서 이 지역 문단을 이끌어 주시었고, 나도 1970년대 후반에서 1980년대 초반까지 경북지부장을 맡아서 대구에서 처음으로 한국문협 심포지엄을 유치해서 개최하는 등 많은 활동을 하였다. 경북지부에서 처음으로 문학상을 제정하였더니 타 지부에서 문의가 들어왔다. 그때까지만 해도 문학상은 서울에만 있고 지방에서 제정하면 안 되는 줄 알았던 모양이다. 1970년대 말 처음으로 경북지부에서 경북문학상을 만들고 기간지 「달구문학」을 창간하였더니 다른 지부에서도 기관지와 문학상이 제정되었다. 그 전에는 문학상이나 문예지는 서울에만 있어야 되는 줄 알았던 것이 지방에 있는 회원들의 일반적인 인식이었다. 조연현 이사장 시절에는 경북지부가 모범지부로 선정되어 연말의 문협 총회에서 공로패까지 받았었다. 지금은 각 지회(지부)마다 그 지역 지자체의 보조금을 받아서 운영하고 있지만 1960년대나 1970년대에는 운영비는 지부장 개인의 몫이었다. 교직생활의 월급이라는 것은 뻔한데도 나는 많은 경제적 희생을 하였다. 그러니 가족에게 미안할 수밖에…… 나는 지금도 노년에 병까지 들어 고생해도 아무 보상도 없다. 다 내 자신이 신명나서 한 것이니까. 나는 문협에서 몇 가지 '최초'라는 수식이 붙어 있는 경력을 갖고 있다. 김동리선생이 이사장 하실 때 "왜 지방에 있는 회원은 문협 임원에 들어갈 수 없느냐?"고 하였더니 감사를 시켜주셨다. 최초로 지방의 회원이 감사가 된 것이다. 그 후 조병화이사장 때는 이사가 되었다. 이것도 지방에 거주하고 있는 회원으로는 최초였다. 이사는 황명이사장 시절까지 하였고 성춘복이사장 시절에는 지방회원으로서는 최초로 부이사장에 당선되었다. 그리고 대구·경북지역에서 문협 심포지엄을 개최할 때마다 내가 스폰서 구하는 역할을 하였다. 그리고 2002년 대구세계문학제의 발기추진위원장을 맡아 한국문학인대회를 한 번 개최하고는 나는 뇌졸중으로 쓰러졌다. 아동문학평론가인 이재철교수는 내가 뇌졸중으로 쓰러졌다는 소식을 들으시고 "이제 대구에서의 모든 문학행사는 김원중교수 쓰러짐과 함께 끝났다"고 하셨다. 그만큼 나는 자의든

타의든 이 지역에서 문단활동을 하는 데 열성적이었다. 해마다 개최되는 한국문협 심포지엄도 1976년 부산에서의 심포지엄에 참석한 이후 2002년까지 한 번도 빠짐없이 참석한 것은 나밖에 없을 것이다. 문학은 혼자 하는 것이지만 나처럼 사람 만나고 사귀기를 좋아하는 사람은 문협 행사에 빠짐없이 참석하는 데서 얻은 문학적 수확도 매우 큰 것이다. 현재 문협 대구지회의 문무학회장은 언젠가 나에게 이런 말을 했다. "나는 김원중교수의 후임 회장이라고 생각하고 일을 하고 있습니다."고. 시조시인인 문무학지회장은 지금 이 지역에서 엄청난 문단활동을 하고 있다. 나의 과거 지방에서의 문단활동은 너무 어려웠던 시절에 고생하였지만 지나고 나니 허무감과 함께 아름다운 추억으로 남는다. 나는 지난해 가을 집안의 화장실에서 나오다가 넘어져서 왼쪽 다리가 부러졌다. 지금 고관절에다 쇠꼬지를 꽂고 지팡이를 짚고 다니고 있다. 그래도 몇곳 평생교육원에서 문학강좌를 맡아서 강의하고 있다. 인간의 의지는 어디까지인가 시험하고 있는 셈이다. "걸어라, 읽어라, 웃어라." 이 세

가지는 요즘 내가 눈만 뜨면 할 수 있는 실천사항이다. 교단은 정년퇴임이 있지만 문학은 정년퇴임이 없어 행복하다. 박양균시인이 서울로 이사가시면서 하시는 말씀이 "내가 서울로 안 올라 왔으면 문협 부이사장과 예술원 회원을 못했을 것이다." 모든 것이 서울이 중심이지만 지방에서도 할 수 있는 것이 문학이라 생각한다. 김동리선생은 도시 지향적인 작가이셨지만 유치환선생은 시골 지향형 시인이셨다. 나는 이곳 대구에서 수십 년간 문단생활하여 이만큼이라도 문학으로 먹고 살았다고 생각한다. 지방에서의 문단생활이 어려웠고 고달팠지만 나의 주변에 문학을 사랑하는 사람들이 있는 한 죽을 때까지 이곳 대구에서 문학과 더불어 문단생활을 할 것이다.

승자도 패자도 없는 전쟁이 될 것인가?

1. 김영조 교수로부터 전화로 미국과 아프카니스탄 간의 테러 전쟁을 주제로 한 원고 청탁을 받았다. 원고 청탁에 필자가 선뜻 응한 것은 그 까닭이 있다. 필자의 아들이 현재 동아일보 모스크바 특파원으로 근무하고 있는데, 지난 추석을 전후해서 아프카니스탄의 전쟁 현장에 종군기자로 뛰어들어갔기 때문이다. 한국의 각 언론사 기자들이 아프카니스탄의 이웃 나라인 파키스탄과 타지키스탄까지 갔을 뿐, 아프카니스탄의 전장(戰場)까지 들어간 기자는 동아일보 특파원인 필자의 아들이 유일했기 때문이다.

세상은 넓고도 좁다고 하더니 미국의 테러에 대한 그 응징 때문에 우리집 가족들이 그 걱정에 휩싸일 줄이야 누가 알았겠는가? 동아일보사에서는 특종을 했다고 떠들썩했겠지만 우리집 가족들은 너무나 걱정을 하였다. 그리고 이 글을 쓰기 위해서 아들에게 몇 번이나 전화를 하였다.

아프카니스탄의 북부 동맹군을 따라 수도 카불 30㎞ 지점까지 갔다온 아들의 음성은 너무나 현실감이 있었다. 일주일 동안 북부 동맹군의 진지에서 양파와 마늘, 그리고 사과만을 먹으면서 취재한 이야기를 전화로 들었지만 생동감이 넘쳤다. 그러니까 이 글은 필자의 아들의 견해가 많을 것이다.

2. 미국이 지상군을 투입하면 그 순간부터 제2의 베트남 전쟁이 될 것이다. 아프카니스탄은 한반도보다 3배에 가까운 넓은 국토이고, 2~3000m의 고산지대가 대부분인 천연의 요새이다. 아프카니스탄은 '침입자의 무덤'이라는 별칭이 예부터 불려져 왔듯이 어느 나라도 이긴 적이 없다고 한다.

구소련이 10여 년간 침공했다가 참담한 실패로 끝난 지도 10년이 지났다.

그때 소련의 한 지위관이 최근 TV에 나와서 실패담을 털어 놓았다. "국토가 고산지대여서 호흡 곤란이 와서 맥이 빠져 도무지 견딜 수가 없었다"고 실토하였다. 소련군은 수도 카블까지 점령하였지만 결국 자진 철수하였다. 그때 소련군의 침공을 막기 위해 미국에서 엄청난 무기를 아프카니스탄군에 공급하였는데 그 무기로 지금 미국과 전쟁하고 있는 것이다. 참으로 역사란 아이러니컬하다.

지금 미국은 텔레반 정권을 뒤엎기 위해 러시아 군의 지원 아래 있는 북부 동맹군을 앞세우고 있다. 이 북부 동맹군은 부정부패가 심하여 텔레반에게 5년 전인 1996년 정권을 빼앗겼지만 유엔에도 가입되어 있고, 국교를 수립하고 있는 나라만 해도 50개국이나 된다. 반면에 텔레반 정권은 파키스탄, 사우디아라비아, 아랍에미레이트 정도밖에 국교 수립이 안되었으며 그나마 테러전쟁으로 인해 사우디아라비아는 국교를 단절하였다. 텔레반 정권은 깨끗하기 때문에 북부 동맹을 몰아내고 정권을 잡았지만 여성 교육 무용 정책을 펴 여학생을 학교에서 퇴교시켜 버렸고, 수염이 없는 남자들은 수염이 날 때까지 교도소에 잡아 넣어서 물의를 빚었다. 그리고 종교적인 이유로 세계 7대 불가사의인 불교 문화재를 전부 파괴시켜 버렸다.

유네스코의 항의도 무시하고 다이나마이트로 폭파시켜 버렸다. 그러고 보니 올해는 유네스코가 정한 '문명 간 대화의 해(UN Year of Dialogue among Civilizations)'인데 대화는커녕 문명 간 전쟁이 일어난 것이다. 오사마 빈 라덴이 두 번째 비디오 연설에서 이 테러 응징 전쟁을 두 문명 간의 종교전쟁이라고 규정하였다. 또한 UN의 무기력을 공격하였다. 물론 미국은 즉각 종교전쟁이 아니라고 반박하였다.

그러나 텔레반 정권은 끝까지 기독교와 이슬람교의 종교전쟁으로 부각시킬 것이다. 미국 하버드대학의 샤뮤엘 헌팅턴교수가 21세기는 <문명의 충돌>이 일어날 것이라고 예언하였는데 이번 테러 응징전이 시작되니까 문명과 야만의 충돌이라고 하였다. 즉 미국은 문명국가이고 테러행위를 자행한 아프카니스탄은 야만족이라는 것이 된다. 이러한 미국인의 오만한 사고 방식이 문제라고 본다. 부시가 대통령에 취임하자 강력한 미국을 만든다고 하였다. 강력한 세계를 만들겠다고 해야지 미국만 강력하고 위대하면 세계평화가 오겠는가? 클린턴 전 대통령은 웃으면서 북한의 김정일까지 만나려고 하지 않았던가.

우리나라의 속담에 '웃는 얼굴에 침 못 뱉는다', '지렁이도 밟으면 꿈틀거린다'라는 말이 있는데 참으로 그렇다. 부시 대통령은 취임하자 미국의 국익만 내세워 환경 기구 등 국제 기구에서 탈퇴해 버리는 등 너무 오만한 외교정책을 폈다. 국가도 개인이나 마찬가지이다. 오만하면 적을 많이 만들게 마련이다. 테러 응징 전쟁을 시작하면서 부시 대통령은 "미국의 편에 서지 않으면 적"이라고 하였다. 이런 오만한 말이 어디 있겠는가. 나는 이 기사가 난 신문을 보고 소름이 끼쳤다. 미국의 상징인 110층짜리 무역센터 쌍둥이 빌딩이 폭삭 내려 앉았고, 6,000명 가까운 인명 피해를 준 데 대해서 무서운 소름이 끼쳤지만 부시 대통령의 발언 또한 소름이 끼쳤다.

4주일간이나 미국의 폭격을 받아도 아프카니스탄의 텔레반 정권은 요지부동이고 오히려 부시 대통령이 초조해 보인다. 영국의 블레어 총리가 2차 대전 때의 윈스턴 처칠처럼 행동해 보았지만 별 성과가 없는 것 같다. 사우디아라비아나 시리아 같은 나라도 블레어 총리를 외면해버렸다. 러시아의 푸틴 대통령과 일본의 고이즈미 총리만이 실속을 차리고 있는 현실이다. 일본은 자위대를 키울 수 있는 절호의 기회를 맞이한 것이다. 파키스탄의 청년들이 지하드(성전)에 참가하겠다고 5,000명이나 아프카니스탄으로 넘어갔고, 미국의 합참의장은 장기전에 대비하겠다고 언급하였다.

결국 이 테러 응징 전쟁은 승자도 패자도 없는 전쟁이 되지 않을까? 미국의 엄청난 신무기들을 아프카니스탄의 산하에다 퍼부어도 오사마 빈라덴은 건제하고 아무런 죄도 없는 민간인과 어린이만 죽어가고 있는 안타까운 현실이다. 지금 파키스탄이나 아프카니스탄에서 신생아를 낳으면 오사마라는 이름을 불러주는 것이 유행이라고 한다. 오사마가 미군에게 붙잡혀 죽으면 미래의 오사마는 얼마든지 있다는 것이다. 설령 미군이 아프카니스탄을 무력으로 점령하더라도 그 국민은 반미 감정이 남아 있는 한 미국의 승리라고 볼 수 없을 것이다.

3. 아프카니스탄의 텔레반 정권은 오사마 빈 라덴이 미국 무역센터와 펜타곤의 폭파 주범이라는 증거부터 제시하라고 하고 있고, 미국은 오사마 빈 라덴이 주범이라는 심증이 있다고 보복 전쟁이 시작된 것이다.

그리고 장기전에 돌입하면 이 전쟁에 들어가는 비용을 1,000억달러까지 보고 있는 것이다. 경기 부양은 사라지고 모든 분야가 위축될 것이다.

미국인들은 탄저균 세례로 공포에 떨고 있고 이슬람권의 반미 감정은 갈수록 심화될 것이다. 결국 21세기가 들어선 이래 일어난 첫 전쟁은 미국이나 아프카니스탄 그 어느 쪽도 승리자가 될 수 없다고 보는 것이다.

종교의 본래의 정신을 찾아 서로가 서로를 용서하는 관

용의 정신이 절실하게 요구된다. 보복은 또 하나의 보복을 낳고···. 그러다 보면 악순환만 되풀이될 뿐이다. 기독교와 이슬람교는 한 형제에서 태어났다고 한다. 끝없는 전쟁으로 몰고 가는 것을 인류는 막아야 한다. 미국 대신에 UN에 맡겨 보는 것도 한 방안이 될 것이다. 참으로 안타까운 전쟁을 하고 있다.

남북한 문학교류가 시급하다

　　지금부터 8년 전인 2001년 여름, 포항공대 교수 연수회가 금강산에서 개최되었다. 해마다 여름방학을 이용하여 한 해 한 번 개최된 포항공대 교수 연수회가 21세기가 시작되는 첫 해인 2001년에는 금강산에서 개최된 것이다. 1988년부터 시작된 교수 연수회는 백암온천을 위시하여 제주도, 홍도, 지리산 등 전국의 유명한 명산과 명소에서 해마다 개최하였지만 2001년에 개최된 금강산에서의 교수 연수회가 가장 뜻 깊었고 지금도 인상에 깊이 남는다. 물론 그해에는 내가 40년 교직생활을 마감하고 현직에서 정년퇴임하는 해

이어서 그렇겠지만, 평생 동안 갈 수 없는 곳이라 생각하고 있었던 금강산에 가볼 수 있다는 설렘이 마치 학창시절 수학여행 가는 심정으로 나도 모르게 들떠 있었던 것이다.

교수 연수회는 동해시에서 출발한 배 안에서 다하였고 금강산에 도착하여 2박3일의 숙박 일정에 들어갔다. 만물상과 삼일포 가는 길에 본 고성 들판에서 만난 북한 농민들의 초췌한 모습은 지금도 잊을 수가 없다. 한반도, 같은 땅에 살면서 국가 경영 지도자의 이념에 따라 남북한 동포들의 생활상이 천양지차이니 참으로 기막힌 일이 아닌가? 이미 자본주의와 공산주의, 민주주의와 사회주의 경쟁 결과는 판가름난 지 오래이다. 서독과 동독, 중국 본토와 대만의 이념경쟁에서 그 결과를 본 지 오래이다.

다만 금강산 같은 세계적인 명승지가 북한 땅에 있다는 데 안타까운 생각이 드는 것이다. 지난 해 남쪽의 한 여성의 억울한 죽음 때문에 금강산 여행이 중단되었다. 이 문제를 놓고 남북이 서로 잘잘못을 따진 지도 오랜 세월이 지났다. 이제는 통일부가 그 해결책을 마련할 때가 아닌가 한다.

금강산 관광과 개성공단 문제만 원만하게 진행되어도 남북 간의 긴장 문제는 복잡하게 얽히지 않을 것이라고 여겨진다.

또 한 가지 통일부에 건의하고 싶은 것은 남북한 문학의 교류문제이다. 문학은 그 시대와 사회를 반영하는 예술이기 때문에 남북한 양쪽의 문학교류만 잘되면 서로가 얻는 소득이 유익할 것이다. 최근에 통일연구원에서 나온 연구논문집을 읽어 보았더니 북한의 문학 양상은 여전히 사회주의, 아니 김일성·김정일주의가 주류를 이루고 있었다. 우리의 시각으로 보면 소설의 주인공이 비참한 생활을 하고 있는데도 김일성 수령과 김정일 장군 덕택이라고 감사하고 행복해 하였다. 어떻게 보면 행복은 잘 살고 못 살고가 아닌지도 모르겠다. 그러나 북한의 모든 백성들이 그들 소설의 주인공처럼 마냥 행복한 것일까?

이러한 북한의 문학들을 남한의 독자들에게도 직접 읽힐 수 있다면 반공교육은 저절로 될 것이다. 우리나라 근대문학의 선구자들은 특이하게도 거의가 북한 출신이었다. 최초로 근대소설을 쓴 춘원 이광수와 순수소설의 창시자 김동인도 북한의 정주와 평양 출신이었으며, 최초로 현대시를 쓴 주요한 시인도 북한 출신이다. 북에는 문학, 남에는 그림이란 말이 일제 때부터 있었다고 소설가 정비석의 글에서 오래 전에 읽은 적이 있다.

물론 정비석도 북한 출신이다. 남북이 분단되고 북한 출신의 작가들은 남한에서 각광받고 있다. 어서 남북 문인들이 교류하고 남북한의 문학작품이 자유로이 출판되고 읽힐 수 있다면 평화통일에 디딤돌이 될 것이다. 통일부는 남북한 문화교류의 첫 단계로 문학을 이용하는 방안을 적극 검토해야 한다. 북한의 부수상을 지낸 홍명회의 손자가 쓴 소설 <황진이>가 남한의 한 문학상을 받았을 때만 해도 남북 문학교류가 머지않아 될 줄 알았다. 그러나 새 정부가 들어와서는 이것도 굳어져 버렸다. 안타까운 일이다. 몇 해 전 대구의 어느 대학원 학생들이 사용하고 있는 문학교재를 보고 나는 깜짝 놀란 적이 있다. 평양의 어느 인민출판사에서 출간된 사화집을 복사판으로 재출판한 것을 교재로 사용하고 있지 않은가? 나는 그 교재를 들여다보다가 더욱 놀랬던 것은 김일성과 북한체제를 찬양하는 시가 대부분이었기 때문이다. 어떻게 그런 책들이 대학원 교재로 버젓이 쓰이는지 몰라도 정식 교류가 트이면 그런 것도 다 걸러낼 수 있을 것이다. 금강산 관광과 남북한 문학교류만 되어도 북한의 긴장이 완화될 것이다.

도덕적인 교육풍토를 조성하자

20여 년 전 쯤 되었을까? 기독교 계통 어느 단체에서 주최한 강연회에 참석했다가 우리 나라 초대 문교부장관이셨던 안호상 박사의 강연을 들은 적이 있다. 그때 이미 안호상 박사는 90세가 넘으신 노익장의 노신사였고 나는 그날 그분을 처음이자 마지막으로 뵌 것이다. 20여 년의 세월이 흘렀으니 그날 그분의 강연 내용을 다 기억할 수는 없다.

그러나 강연 서두에서 그분이 말씀하신 것은 20년이 지난 지금도 생생하게 기억하고 있다. "한국 사회가 부도덕하고 예의범절이 사라진 것은 기독교가 들어와서입니다."

그날 이 말씀을 들은 많은 참석자들은 깜짝 놀랬었다. 나도 물론 충격을 받았다. 기독교 단체에서 초빙한 초청연사가 강연 서두에 기독교를 못마땅하게 여기시는 발언을 하셨으니 놀랄 수 밖에 없을 것이다.

그러나 그날의 이 말씀은 오늘 우리 사회의 현실에 적용시켜도 맞을 것이다. 일주일에 1000만명의 기독교와 천주교 신자들이 교회나 성당에 가서 예배 드리고 미사에 참여한다.

어느새 이 지구상에서 우리 나라는 기독교 종주국이 되었다. 세계 10대 교회 중 6개가 한국에 있다. 세계 선교사의 80%가 한국사람이다. 2000년 예수 탄생 기념행사를 한국교회가 주도해서 하겠다 해서 이스라엘이 충격을 받았다고 한다.

오늘날 우리 사회에서 출세하려면 기독교인이 되어야 유리하다. 그것도 교회 장로가 되면 출세의 보증수표가 되는 현상이다. 그런데도 어찌된 영문인지 20여년 전 안호상 박사가 염려하신 말씀이 오늘날에도 유용한 현실로 남아 있는 것은 참으로 부끄럽고 안타깝다. 아침에 신문을 보고 TV 를 켜면 살인사건의 보도가 뉴스의 주류를 이룬다.

암울한 뉴스가 연일 보도되고 불륜의 드라마가 TV드라 마의 주류를 이루는 사회에 우리는 언제까지나 방관자의 노릇만 해야 하는가. 나는 예나 지금이나 사회교육원 등의 강연회에 가면 이런 현상을 개탄하고 역설하지만 우리 교육의 근본 틀을 바꾸지 않고는 해결할 수 없다는 것을 절감 하고 있다. 어릴 때부터 예의범절을 가르치는 인성교육이 주가 되어야 하는데, 유치원 때부터 영어를 가르치는 데 주력하고 있다.

일본은 아직도 초등학교에서 영어를 가르치지 않는데 우리는 김영삼 장로가 대통령이 되자 초등학교에서 영어를 가르치게 되었고 이명박 장로가 대통령이 되니 영어 몰입 교육에 온 사회가 휩싸이고 있다. 2008년도 노벨 물리학상 을 받은 일본인 교수는 영어 때문에 노벨상 받은 것이 아니 라고 하였다. 노벨상 시상식장에서는 영어로 답사를 하는 것이 관례라고 하는데 일본인 수상자만이 자국어인 일어로

하였다. 우리 나라 지식인은 그러한 민족적인 자긍심을 잃어버린 것이다.

나는 얼마 전 방송에서 미국 하버드대학교 어느 교수의 말을 듣고 큰 충격을 받았다. 즉 하버드대학교에 한국인 유학생들이 입학하고부터는 시험 때 컨닝하는 풍토가 생겼다는 것이다.

그 전에는 그런 것은 전혀 없었다는데 한국의 유학생들이 컨닝하는 풍토를 조성한 장본인들이라고 개탄했다. 학생의 컨닝 행위는 부도덕의 상징이다. 우리의 교육풍토는 어느새 컨닝 행위를 묵인하는 부도덕 사회가 되었다. 나도 이런 교육풍토에서 평생 살았으니 생각할수록 부끄럽다. 부도덕한 학생들의 컨닝 행위를 조장하는 데 일조를 보탠 교육자였던 것이다. 이런 작은 부도덕한 행위부터 고치고 근절해야만 우리 사회는 맑아지고 도덕이 지배하는 정직한 사회로 발전할 것이다.

우리 종교인들이 먼저 반성하고 도덕적인 교육 풍토를 조성하는 데 앞장섰으면 한다.

특히 유림 사회부터 앞장서자고 외치고 싶다. 스님들 수천 명이 하안거·동안거 6개월 도량에서 수도하는 나라는 세계에서 대한민국밖에 없다고 한다. 그런데도 우리 사회의 윤리도덕과 예의범절은 세계에서 부끄러운 수준이다. 기독교,불교,유교 가릴 것 없이 모든 종교인들은 부도덕한 사회에 눈을 돌려 도덕이 물결치는 사회가 선진화된 사회인 것이다.

웃는 사람과 우는 사람

며칠 전 오후에 겪었던 일이다. 나를 포함해 대학 동창 선후배 넷이서 대구시내 모 다방에서 우연히 만나게 되었다. 오랜만의 만남이었기에 차 한 잔 마시면서 서로의 안부를 묻고 시간 보내다가 마침 저녁 무렵이라 다방 가까운 식당에서 저녁식사를 함께 하기로 하고 어느 식당으로 자리를 옮겼다. 식당은 횟집이라 모듬회 한 접시 시켜놓고 술 한 잔부터 하였다. 술은 모두 나이가 들어서인지 한두 잔밖에 못하였다. 이어 매운탕으로 저녁식사를 마치니 어느덧 귀가 시간이 되었다. 모처럼 동심으로 돌아간 참으로 즐거운 시

간이었다. 요즘 우리 친구들은 점심모임은 해도 저녁모임
은 잘 하지 않는다. 저녁은 각자 집에서 하는 것으로 바뀌
었다. 나이가 드니 밤에는 잘 다니지 않는 것이다. 우리 넷
은 그날 밤 오랜만에 즐거운 저녁식사를 하였다. 그런데 문
제가 생겼다. 저녁 값 4만 2천원을 누가 부담하느냐이다. 그
전 같으면 내가 부담하는 것이 관례였다. 나는 포항에 있는
유명한 대학의 교수였을 뿐만 아니라 월급도 많이 받았지
만 천성적으로 친구를 좋아해서 모임의 식사 값은 다른 친
구들이 내기 전에 먼저 내는 것으로 소문이 나 있었다. 그러
나 그날 저녁 값은 평생 오지에서만 교직생활하다가 중학
교 평교사로 정년퇴직한 나의 후배인 K선생이 부담하였다.
나도 낼 생각을 하였지만 일행 중 가장 선배라고 처음부터
대접받는 입장에 있었다. 사실 그날 모인 네 사람 중 O교장
과 K선생은 연금생활자였고, 나와 고등학교 교장으로 퇴임
한 P교장은 퇴임할 때 연금 받는 대신 일시불로 몽땅 받아
서 자식들에게 나누어 주는 등 10년 가까운 세월동안에 퇴
직금은 어느새 다 사라져 버렸기에 어렵게 생활하고 있다.

다시 말하면 그날 만난 네 사람 중 두 사람은 공무원연금만이 노후 대책이라고 생각하면서 교직생활을 하였고, 두 사람은 일시불을 타서 그 돈은 어디로 다 가버렸는지 지금은 어렵게 생활하고 있다. 그래서 친구를 만나면 울상이다. O교장처럼 연금생활자는 누구를 만나도 웃을 수 있는 것이다. 그래서 퇴직생활자 사회에는 이런 유행어가 있다. "연금 생활하는 사람은 웃고 일시불 수령자는 운다"고. 그래서 O교장은 누구를 만나도 웃으면서 만난다. 그는 지난해 평생의 반려자인 아내를 잃었다. 그리고 사남매는 제 갈 길을 가고 있다. 자식 둘은 미국, 뉴질랜드에 살고 있고, 둘은 한국에 살고 있다. 아내의 장례식이 끝나자 다 흩어지고 O교장 혼자 덩그러니 남게 되었다. 만일 그가 연금생활자가 아니었다면 지금쯤 막막할 것이다. 그나마 매달 정기적으로 들어오는 돈(연금)이 있기에 혼자서도 살아가고 있는 것이다. 나와 매일 만나다시피 하는 A교장은 퇴직할 때 받은 일시금을 장사하는 친구에게 빌려줬다가 다 떼이고 지금은 평생교육원이나 문화센터에 강사로 나가 받은 돈으로 교통비

등 용돈을 쓰고 있다. 나는 그래도 교수직에 있을 때부터 이 지역의 유명한 교수여서 지금도 초청받는 입장에 있어 그나마 다행이다. 그러나 친구인 C교수처럼 퇴직금 몇 억원을 아들 사업자금에 대줬다가 부도가 나서 아들은 자살하고 만 비극을 맞았었다. 다행히 딸 둘이 시집가서 잘 살고 있어서 친정부모의 생활비와 용돈을 보내주고 있어 괜찮다고 하지만 그 마음고생이야 오죽하겠는가? "선생 돈은 먼저 먹는 사람이 임자다"라는 속담은 나와 C교수 같은 분들 때문에 생기지 않았나 한다. 사실 나이가 들면 믿을 수 있는 것은 연금밖에 없다. 더구나 O교장처럼 아내도 없이 홀아비로 사는 은퇴자들은 연금(돈)이 없으면 생활이 무미건조할 뿐만 아니라 비참하다 할 것이다. 연금 때문에 생활하고 해외여행을 일 년에 한두 번 하는 여유까지 가지고 있다. 물론 가까운 일본, 중국 등의 나라에 가는 해외여행이지만 지난해에는 그동안 가고 싶었던 러시아의 모스크바와 생트페테르부르크까지의 먼 여행을 하였다. 여행은 인생을 젊게 만든다더니 러시아 여행을 하고 온 후에는 일 년이 된 지금도 마음이 즐겁다. 선진 외국의 노인들이 노후 여행을 즐기는 것을 보고 부러워한 적이 있었는데 우리나라도 O교장 같은 연금생활자는 가능하다는 것을 깨달았다. 산다고 다 같은 것이 아니다. 어느 정도 문화생활을 할 수 있어야 사는 의미가 있는 것이다. 그냥 생존만 한다고 사는 것이 아니다. 현직에 있을 때 노후에 웃으면서 살 대책을 세울 줄 알아야 할 것이다.

나의 친구 『수필문학』

　지금 나의 서재에는 책들로 가득 차 있다. 아니 잡지들로 가득 차 있다. 내가 6년 전 뇌졸중으로 쓰러져서 몇 해 동안 활동이 중단되자 가장 걱정거리가 책을 어떻게 대접하느냐 하는 것이었다. 포항공대에서 정년퇴임할 때 연구실에 가득 차 있던 책을 정리하는 일이 가장 큰 골칫거리였다. 마침 대구세계문학제 발기위원장을 맡아 대구은행 북성로지점 3층에 사무실을 얻게 되어 그곳으로 모든 책을 다 옮겨 놓을 수 있었다. 그때 『여성동아』를 비롯하여 많은 잡지들이 버려졌다. 나는 중고등학생 시절에는 『학원』 『소년세계』

『새벗』 같은 잡지를 사 보았고, 대학생 시절에는『사상계』
『세대』『신동아』 같은 종합잡지를 사 보았다. 물론『현대문
학』은 계속 구독하였다. 그러나『현대문학』『월간문학』 등
문예지는 창간호부터 다 가져왔다.

창간 20주년을 맞은『수필문학』은 2001년 9월호부터 소
유하고 있다. 2001년 8월, 내가 포항공대에서 정년퇴임하고
나서 9월호부터『수필문학』을 받아보게 된 것이다. 그때 정
년퇴임식 대신 수필집『인생을 아름답게』의 출판기념회를
열었다. 이 수필집을 강석호 회장님이 내어주셨기 때문이
다. 강 회장과 나는 그 당시 한국문인협회 수필분과회장과
부이사장을 맡아 함께 일을 하였고, 나와 뜻이 맞아 내가 강
회장을 좋아하게 되었다. 이 분이 우리 문단에서 대단한 일
을 하고 있다는 것을 나는 문협임원이 되면서야 알았던 것
이다.

나는 젊었을 때부터 시를 썼고, 대학원에서 희곡을 전공
하여 백철 선생 밑에서 박사학위를 받았다. 수필은 1988년
대구에서 포항으로 직장을 옮기면서 본격적으로 공부하고

쓰기 시작하였다. 1957년 유치환 시인의 추천을 받아 처녀 시집 『별과 야학』을 낸 다음해인 1958년 서울의 어느 신문에 「거울」이란 수필이 당선된 적이 있지만 본격적으로 쓰지 않았다. 그러다가 말년에 포항공대 교수로 가니 포스코와 산하 협력회사에서 내는 간행물에 많은 원고 청탁이 들어 왔다. 물론 대부분이 수필류의 글이다. 이해하기 힘든 것은, 시는 원고료를 안 주는데 수필은 원고료를 준다는 것이다.

나는 한때 수필 쓰는 데 재미를 붙여 많은 수필을 썼다. 1990년에는 첫 수필집 『하늘 만평 사뒀더니』를 발간하였고, 이어 『별을 쳐다보며 살자』(1995년), 『인생을 아름답게』(2001년), 『아버지가 주신 연필 두 자루』(2005) 등의 수필집을 내었다. 이 중 『하늘 만평 사뒀더니』는 문화부 우수도서로 선정되어 당시 100만원의 격려금까지 받았다. 이 네권의 수필집 중 뒤의 두 권 『인생을 아름답게』와 『아버지가 주신 연필 두 자루』는 강석호 회장의 권유로 낸 것이다.

내가 포항에서 정년퇴임하고 2002년 2월, 대구로 이사 와서 대구세계문학축제 때문에 뛰어다니다 그해 12월에 뇌졸중으로 쓰러졌다. 뜻하지 않은 장애인이 된 것이다. 이럴 때 강 회장이 『수필문학』권두에 실릴 원고 청탁을 하셨고, 그때 쓴 것이 「나의 이력서」이다. 그리고 반응이 좋다며 낸 것이 『아버지가 주신 연필 두 자루』이다. 나는 이래서 강석호 회장과 『수필문학』을 잊지 못한다. 내가 가장 어려울 때 도움을 받았기 때문이다.

창간 20주년을 맞는 『수필문학』의 영원한 발전을 기원한다.

인생을 아름답게

6년 전, 내가 40년의 교직생활을 마감하고 포항공대에서 정년퇴임할 때 '나에게 문학이란 무엇인가?', '문학적인 인생관(가치관)이 무엇일까?'를 참으로 진지하게 생각해 본 적이 있었다. 40년 교직생활 중 35년을 대학에서 문학을 강의하였으니 문학은 평생 나의 분신인 셈이다. 그때 생각하고 생각한 끝에 내린 결론이 '인생을 아름답게 사는 것'이었다. 그래서 <인생을 아름답게>라는 에세이를 썼고 이 제목으로 에세이집을 발간하여 정년퇴임 겸 출판기념회를 열어 이 책 한 권씩을 포항공대 교직원들에게 나눠주고 이 학교를 떠났던 것이다.

그러면 나는 언제부터 문학을 했던가? 중고등학교 시절부터 시도 쓰고 동화도 써서 그 당시 《새벗》, 《소년세계》, 《학원》, 《학생계》 같은 청소년 잡지에 입선도 하고 중학교 때 쓴 동시, 동화가 소년서울신문 신춘문예에 입선되기도 하였다. 중학교 때 불조심 작문을 써서 당선되어 그 상금으로 경주로 수학여행 간 추억도 있다. 그리고 어느덧 나의 별명이 '김삿갓'이 되었다. 사실 나는 안동 김씨로 먼 고조부 되는 할아버지가 조선시대 방랑시인 김삿갓이었는데, 주변 친구들은 내가 문학으로 유명을 떨치니 '김삿갓'이라고 불렀던 것이다.

나는 원래 일본 쿄토에서 태어나서 그곳에서 초등학교 저학년까지 다녔다. 하루는 할머니 담임선생이 내가 쓴 글을 잘 썼다고 국어시간에 읽어주면서 많은 칭찬을 하셨다. 어린 가슴에 나는 신명이 났지만 일본어로 쓴 글이고 내용이 무엇인지도 모른다. 다만 내가 글 쓰는 재주는 어릴 때부터 좀 가졌었나 하는 생각은 가끔 하게 된다.

고등학교 3학년 때 대학 진학을 위해 유치환 시인의 서문을 받아 처녀시집을 발간하여 문단의 화제가 된 적도 있다. 그때 유치환 시인이 서라벌예대 문예창작과에 추천해줄 테니 거기에 진학하라고 권유했으나 나는 소년가장이라 네 식구의 생계를 책임지고 있었기에 서영수 군은 가고 나는 대구에서 청구대학 국문과에 진학하였다. 그리고 대학원에서 희곡을 전공하여 백철 선생 밑에서 문학박사 학위를 받았다.

　나는 문학으로 평생 생계를 삼았고, 정년퇴임한 현재도 각 평생교육원에서 문학 강의를 하고 있으니 문학은 평생 나의 분신이고 삶 자체인 것이다.

내 생애 가장 아름다운 인연
~ 나의 주례사(主禮史) ~

　2014년 10월 25일 낮 12시. 이 날은 나의 주례 역사가 여기서 멈춰서는 날이었다. 1979년 4월 29일 내 생애 처음으로 결혼식 주례를 선 지 35년만의 일이었다. 「정태호와 이상배」. 정태호는 내가 처음으로 주례를 섰을 때의 신랑이고 이상배는 지난 10월 25일 그의 여섯 자매의 막내딸 주례까지 나에게 맡겼던 혼주이다. 정태호는 내가 영남대학교 교수시절 경영학과 1학년 때 국어작문 강좌를 수강했던 제자이고 이상배는 영남대학교 국어국문학과에서 동문수학한 학우이다. 둘 다 나와는 영남대학교 때문에 인연을 맺었고 내가 주례까지 서 준 인연으로 평생 한 가족처럼 친해진 사이가 되었다. 결혼 당시 27세의 신랑이었던 정태호는 어느새 세월이 흘러 지난해 환갑을 지냈다. 43세의 젊은 나이에 처음으로 결혼 주례를 섰던 나는 어느덧 팔순을 바라보는 나이에 그의 환갑잔치에 가서 축사를 해 주었다. 그동안 그는 세 자녀를 낳아 잘 길러서 다 결혼시켰고 나는 그의 자녀 결혼식에까지 참석해서 축하해 주었다. 우리 집사람도 "내 제자 중에 그렇게 선생님 좋아하는 제자는 없을 것이다"고 언젠가 말한 적이 있다. 그렇다, 정태호는 직장을 몇 번 옮겨서 머나 먼 중동에까지 가서 몇 년이나 근무한 적이 있었으나 휴가 때만 되면 귀국, 나를 찾아오는 것이었다. 내가 대구에 있든 포항에 있든 서울의 병원에 입원해 있든 그는 천 리를 마다않고 찾아오는 것이었다. 그는 경영학과 출신답게 국내 대기업 회사의 해외 CEO까지 지냈지만 문학에도 입문하여 몇 권의 시집도 발간하는 등 한국문인협회 회원으로 활동하고 있다. 지난해에는 회갑 기념 시집까지 내어 화제를 낳았다. 참으로 아름다운 인연이 아닌가.

그는 그동안 기독교에 귀의하여 지금은 교회 장로로 봉사하고 있다. 따라서 그의 자녀 결혼식 주례를 목사님들이서 주었다. 대를 이어 주례를 내가 서 주었더라면 또 하나의 기록을 남겼을 것이다.

나는 2002년 포항공대에서 정년퇴임하고 대구세계문학제 추진위원장을 맡았다가 뇌졸중으로 쓰러졌다. 그때 친구 이상배는 매일같이 문병 와서는 "막내딸 주례까지 서 주어야지 병원에 누워 있으면 어떻게 하냐?"고 하는 것이었다. 그와의 생전 약속이 여섯 자녀 다 내가 결혼 주례 서 주기로 약속했으니까 안타까워서 하는 말이었다. 때로는 윽박지르듯 말하기도 해서 나도 "어떻게든지 병마를 딛고 일어나야지"하는 오기가 생겼다. 그리고 나는 이 친구의 말대로 퇴원하여 집에서 요양을 하고 있었는데 아침저녁으로 위로 전화가 오는 것이었다. "오늘은 날씨가 차가우니 산책하지 말라"는 둥……. 나는 그의 전화를 받고 얼마나 감격하였는지 모른다.

하루는 수성못 인근의 큰 식당에 우리 내외를 초청하여

내가 주례를 서 준 그의 여섯 자녀와 손자손녀들까지 다 소집하여 나를 위로하는 잔치를 베풀어주었다. 나는 그때의 감격을 평생 간직하고 살아가고 있다. 지난 10월 25일 그의 막내 딸 주례사에서 이 이야기를 하다가 목이 메어 말을 잇지 못하였다. 그때 하객 중에 나의 주례사를 듣고 감격하여 혼주에게 부탁, 며칠 전 점심식사 대접까지 받았다. 세상에 한 집안 여섯 자녀를 다 혼자서 주례를 맡은 경우도 드물 것이다. 참으로 기네스북에 오를 기록이 아니겠는가. 35년 전 신랑 정태호의 주례를 맡은 것을 시작으로 이상배의 막내 딸까지의 나의 주례를 선 역사는 이제 아름다운 추억으로 간직하게 되었다. 오죽하면 동아일보 기자가 소문 듣고 대구 향교의 결혼식장까지 찾아와서 사진도 찍고 취재하여 한 페이지 크게 보도하여 주었겠는가? 정태호와 이상배와의 인연은 내 일생에서 가장 아름다운 인연으로 영원할 것이다.

열차이름도 우리말 버린 한심한 나라

'신칸센'은 일본 고속열차이다. '떼제베'는 프랑스 고속열차이다. 우리나라에서 달리고 있는 '케이티엑스(KTX)'는 우리나라 고속열차 이름이다. 그런데 부끄러운 것은 이 고속열차 이름이다. 나는 이 열차를 탈 때마다 부끄러움을 느낀다. 세상에서 가장 좋은 글자를 가진 우리나라의 열차 이름이 영어 약자라니 어찌 아니 부끄럽지 않겠는가. 열차 이름하나 짓지 못하고 케이티엑스인가. 어휘가 어느나라 말보다 풍부한 한국어가 열차 이름하나 우리말을 쓸 줄 모르다니…

지난해 춘천에다 김유정문학관 세우고 일행 중 수원까지 같이 가 주겠다하여 저녁 무렵 수원역에 도착하였다. 나는 차에서 내리자마자 역으로 달려가서 "동대구행 새마을호 차표 한 장 달라"고 하였더니 역직원이 새마을호 열차는 없어졌다는 것이다. 나는 하도 어이가 없어서 "언제 없어졌냐"고 다시 물었더니 벌써 없어졌고 새마을호는 아이티엑스(ITX)로 재등장했다는 것이다. 새마을호는 새마을운동의 상징물로 박정희 전 대통령이 붙인 좋은 이름이다. 이 좋은 이름을 딸이 임명한 여성 청장이 없애고 아이티엑스로 이름을 바꾸었다니 참으로 줏대가 없는 나라가 아닌가? 사라진 열차 이름 중 새마을호와 통일호가 가장 좋은 이름인데, 케이티엑스를 통일한국호와 바꾸고 아이티엑스는 새마을호로 다시 부활시키면 한심한 나라에서 빛나는 나라로 바뀌어지지 않을까?

『황금찬시인의 나의 인생 나의 문학』

Ⅰ. 지금 나의 서재, 책상 위에는 황금찬시인이 쓴 저서 한 권이 놓여 있다. 즉 황금찬시인이 90살 때 기념으로 발간한 「나의 인생 나의 문학」이다. 지금부터 8년 전에 창조문예사에서 발간한 이 책을 내가 시간날 때마다 다시 읽고 또 읽는 것은 현재 내가 가장 존경하는 현존 시인이기 때문이다. 황금찬시인은 서울에 사시고 나는 대구에 살고 있으니까 자주 만날 수 없지만 지난해 까지만 해도 일 년에 한두 번은 꼭 만나뵐 수 있었다. 만나면 내가 이야기를 듣는 편이다. 그리고 그 들었던 이야기를 나는 머릿속에다 동화로 구

성하고 그려낸다. 황금찬시인은 1918년생, 나는 1936년생이
다. 우리식 나이로 96살이고 80살이다. 그런데도 만나면 친
구처럼 껴안으신다. 주로 몸이 불편한 내가 안긴다. 한번은
남산에 있는 문학의집 서울에서 만나서 저녁식사하고 충무
로역까지 지하철 타기 위해 걸어 가는데 "김교수"하고 뒤에
서 부르신다. 나는 가다가 말고 그냥 서 있었더니 "혼자 가
면 넘어지기 쉬워요" 하시면서 내 손을 잡으신다. 그리고
둘이서 충무로역까지 걸어간 적이 있다. 그날 황금찬시인
한테서 들었던 이야기를 내가 동화처럼 구성하였다. 그리
고 문학강연회에서 이 이야기를 자주 하였다.

Ⅱ. "내가(황금찬시인) 20여 년 전 비엔나에 있는 슈베르트
의 묘지에 찾아가서 꽃다발을 바쳤더니 옆에 있는 베토벤
이 부르더라는 것이다. 그래서 돌아보았더니 베토벤이 "내
무덤에는 왜 꽃다발 안 바치느냐?"고 항의하더라는 것이
다. 그래서 "미안하다. 10년 후에 다시 올 때 당신 무덤에 꽃
다발을 바치겠다"고 약속하였다. 그리고 정말 10년 후에 다

시 비엔나의 공동묘지에 있는 베토벤의 무덤에 꽃을 바치기 위해 찾아갔었다는 것이다. 공동묘지 입구에 있는 한 꽃가게에 들어가서 꽃 한 다발 사면서 꽃집 여주인에게 10년 전의 베토벤과의 약속을 지키기 위해서 또 왔다고 하였더니 꽃집가게 여주인은 감격했다면서 그 꽃값을 받지 않겠다고 하더라는 것이다.

　아무렇지도 않는 것 같은 이야기인데도 나는 감격하였다. 마치 아름다운 한 편의 동화를 읽었던 것처럼 감동이 왔다. 인생이란 그런 것이다. 거창하게 생각할 필요가 없다. 조그만한 이야기 한 편에서 감동을 받고 행복해지는 것이다.

　황금찬시인과 나는 비교적 늦은 나이에 친교를 맺었다. 1988년 세계시인대회가 태국 방콕에서 개최되었는데 그때 한국 대표로 같이 간 것이다. 그때 한국대표단은 15명 정도였는데 방콕에 도착하여 묵을 호텔에 방 배정을 받는데 서울의 시인들은 아무도 황금찬시인하고 룸메이트를 안 하려고 하는 것이다. 보다 못해 내가 자청하였더니 황금찬시인은 반기시면서 "괜찮겠어요?"하고 물으신다. 나는 아무런

뜻도 모르고 "괜찮습니다." 하고 대답하였더니 황금찬시인
은 "정말 괜찮겠어요?" 하신다. 그리고는 "왜 괜찮아요?"까
지 하시는 것이다. 서울에서 간 시인들은 안도의 표정을 지
으시고 나는 무조건 괜찮다는 대답만 거듭하였다. 그리하
여 먼 이국만리 방콕의 호텔에서 황금찬시인과 나는 룸메
이트가 되어 일주일을 함께 지내게 되었다. 그런데 첫날밤
나는 자다가 깜짝 놀란 일이 발생하였다. 황금찬시인의 코
골이가 심한 것은 참을 수 있었는데 갑자기 숨소리가 적막
강산이 되어 버리는 것이었다. 말하자면 무호흡 상태가 되
어 아무런 숨소리도 안 들리는 것이었다. 나는 갑자기 겁이
덜컥 나서 벌떡 일어나 앉아 귀를 기울였다. 그랬더니 "후
우……"하고 다시 숨쉬는 소리가 들리는 것이었다. 나는 놀
란 가슴을 쓸어내리고 다시 잠자리에 들었다. 그 이튿날부
터 나는 아무런 일도 없었던 것처럼 잠을 잘 잤다. 왜 서울
서 온 시인들은 황금찬시인과 룸메이트를 안 하려고 하셨
는지도 알게 되었고 나는 오히려 자진해서 청하였으니 황
금찬시인과 친하게 지낸 계기가 되었다. 그 후 대구와 포항

에서 가끔 문학강연의 연사로 초청하였다. 그렇다고 특별하게 친하려고 애쓴 적도 없다. 그저 문학 행사장에서 만나면 인사하고 이야기를 나누다가 기약 없이 헤어지는 참으로 편하게 지내었다. 깊은 우정만 간직한 채 지내었다고 할까?

Ⅲ. 황금찬시인의 「나의 인생 나의 문학」은 참으로 귀한 말씀이 담긴 책이다. 90살에 직접 쓴 문학이란 거대한 마당에 든든한 기둥 같은 역할을 하는 책이다. 말이 쉽지 90년이란 세월 동안 오직 문학만으로 사신 일대기는 나에게 크나큰 교훈으로 가슴에 남아 있다. 강원도 속초에서 1918년 태어나시어 강릉과 서울에서 오직 문학만으로 사신 일대기는 어느 거창한 예술서적을 읽는 것보다 감동적이다. 며칠 전 KBS 아침마당에 나오셔서 "고맙다"는 인사 말씀하신 것을 보고 나는 하도 반가워서 이 책을 한 번 다시 읽어 보았다. 자서전 끝에 "그리움의 이야기는 기약이 없다"고 하시었다. 문학만이 그럴까? 문학은 그리움이고 그 그리움은 죽는날

까지 기약이 없는 것이다. 90살까지 8000편의 시를 쓰셨는데도 이 책의 끝에 35편의 시집과 28편의 산문집 목록도 기록하였다. 우리 시대에 이러한 예술가(시인)가 현존하고 계신다는 것은 참으로 가슴 뿌듯한 일이다. 한 가지 아쉬운 점은 서울이나 대구나 마찬가지로 예술계의 풍토가 어른을 모실줄 모른다는 것이다. 대한민국 예술원 회원에 황금찬 시인이 빠져 있다는 것은 어느 누구도 변명 못할 것이다. 아무런 욕심도 없이 순수하게 문학활동만 하신 예술계의 최고 원로가 대한민국 예술원 회원에 빠져 있다는 것은 참으로 부끄러운 일이다. 끝으로 황금찬시인의 「나의 인생 나의 문학」에 수록된 시 22편 가운데 마지막에 수록된 시 한 편을 소개하는 것으로 이 글을 맺는다.

음식이 열리는 나무

어느 하늘 밑에

음악이 열리는 나무가 있다는 말을

들은 지 65년 전

32개의 하늘을 돌며

그 나무를 찾았으나

내 앞에 서 주지 않았다

지중해 발트 해협

태평양 인도의 바다까지

돌았으나

그 나무는 내 앞에 서 주지 않았다

어느날 내 고향바다

물결 속에서

구름같은 지휘봉을 들고

내 앞에 서는 것이다(그 나무가)

(이하 생략)

세상에서 가장 아름다운 우정

I

2002년 12월1일 나는 이른바 뇌졸중으로 쓰러졌다. 그날 이후 기나긴 병상생활은 물론 지금도 반신불수된 몸으로 불편한 일상생활을 하고 있다. 2002년 11월22일 새벽에 자다가 화장실갔다 넘어져 고관절을 부러뜨린 사고가 일어났다. 다행히 가까운 전문병원에 입원 고관절수술하고 몇 달 병상에 누워있었다. 두차례나 큰 사고가 내몸에서 발생하였으니 내 인생의 말년도 알아봤다고 서글프게 여기게 되었다.

그러나 나는 지금도 살아 있다. 내 힘으로 혼자 사는 것이
아니다. 아내를 비롯한 아들, 딸 가족들은 물론 친지, 친구,
지인들의 도움으로 노년의 생활을 보내고 있다. 일주일에
한 번씩 한비문예대학에 나가서 문학강의도 하고 영남이공
대학교 자치대학에 봄, 가을로 인문학 특강을 하고 다닌지
도 10년의 세월이 흘렀다. 뇌졸중으로 쓰러진 그 이듬해 구
미평생교육원과 부산시민대학에 강의 할때는 휠체어를 타
고 강의하였다. 그때 아내와 대구한의대 부총장인 황형식
박사의 도움으로 다녀온 것이다.

그리고 2006년 대구 수성구문화원이 창립되고 수성문화
원부설 여성문화대학이 개설되어 여기서 문학강의를 내가
맡게 된 것이다. 영남대 국문학과 제자인 이철준 해조음 사
장의 소개로 류형우 문화원장의 배려로 맡게된 문학강좌이
다. 강의를 한다는 것은 마치 옛날의 내 직업으로 되돌아간
듯하여 나의 정신건강에 크게 도움이 되었다. 물론 반신불
수의 몸이라 의자에 앉아서 강의하게 되어 미안하였지만
지금도 그렇게 하고 있다. 2006년부터 2009년 까지 수성문

화원에서 문학 강의를 하던 중 후배 문인 중 명리학을 동아백화점 문화센터에서 강의 하던 권영훈 시인이 문학 강의를 해보라고 소개하여 동아백화점 문화센터에서 한 학기 하다가 그만 두었다. 강사료가 교통비도 안 되어서이다.

　나는 내 몸을 생각지도 않고 자존심이 상하였다. 차라리 어디 가서 무료로 봉사하는 것이 낮지 않은가? 여기고 있던 중 문화센터의 한 수강생의 권유로 대구 대명동에 있는 불교회관의 찻집 청류다원에서 어머니 문학교실을 맡게 되니 2006년 가을부터 3년간 문학 강의를 하였다. 한 달에 두 번씩, 점심 대접받고 5만원의 교통비까지 받으니 젊은 날 교수가 될 때의 기분을 되찾은 것 같았다. 그 무렵 대명성당 노인대학 학장을 맡고 있던 옛 친구 장태옥 교수가 전화가 와서 문학 강의 한번 해달라고 해서 하였더니 소문이 나서 범어성당 노인대학에서도 최정 학장이 집에서 먼데 가지 말고 가까운 범어성당노인대학에서 강의 해 달라 해서 몇 번 하였더니 이것이 인연이 되어 범어성당 간사까지 되었다. 사람의 일생은 참으로 신기한 것이다.

그리고 2009년부터 우연하게 대구의 김영태 시인을 만나게 되어 문예대학을 만들어 지금까지 매주 마다 한차례 강의하러 다니는 것이다. 한비 출판사 건물 3층의 옛 건물이라 계단을 오르내리다보니 건강도 많이 되찾게 되었고 정신건강에는 그저 그만이다. 참으로 감사한 일이다. 그리고 문하생들이 발간하는 시집의 00도 맡아서 쓰고 있으니 원고료도 생겨 교통비도 해결되고 하여 지난날 봉급생활하듯이 기쁘고 행복하다. 내 말년의 인생을 김영태 한비문학사 사장을 만나서 건강과 행복을 찾은 것이다. 김영태 시인을 알게 된 것은 영남문학행사 때문이었다.

영남문학은 영남문학예술인협회에서 발간하고 있는 기관지 인데 장사현 이사장의 배려로 창간호부터 현재까지「영남인물문학사」를 집필하고 있는데 이번호까지 30회나 연재하였고 1권을 출간까지 하였다. 한비문학출판사의 김영태 시인도 이「영남문학」의 문학행사장에서 소개받아 알게 되어 나는 한비문학과 영남문학의 고문직책까지 맡고 있으니 김영태, 장사현 이 두 분은 내 말년의 건강을 맡아주고 있는 은인들이 된 셈이다.

Ⅱ

내가 뇌졸중으로 쓰러진지 20년 가까이 되니 많은 변화
가 생겼다. 나를 걱정해주던 동창문인 친구들이 먼저 세상
을 떠나 버리는 것이다. 올해 들어서는 더하다. 아침 저녁
으로 만났던 친구들이 먼저 이승을 떠나 버리는 것이다. 내
가 서울에 갈 때마다 나의 숙박을 책임져주던 동국대학교
의 김흥우교수, 60년대 내가 서울의 연극 극장에서 우연히
알게 되어 수십 년 동안 서울에 가면 자기 집에서 잠자리를
책임져 주었다.

금년 초봄, 그의 죽음은 나를 몹시 충격에서 벗어나지 못
하게 하였다. 그리고 한 달 전에는 서울에서 명리학과 불교
사상을 동국대학교에서 강의하던 친구 전병훈 시인이 별세
하였다. 권영훈 시인은 내가 상경하면 꼭 점심대접을 하고
내가 볼일 보러 가는 곳을 안내해 주었다. 그런데 한 달 전
갑자기 별세 한 것이다. 그 소식을 전해준 이홍구 시인의 이

야기를 듣고 나는 얼마나 상심하였는지 모른다. 지난 해 내가 서울을 가면 뵈옵던 황금찬 시인과 김동길 교수님이 서거하셨기에 작년 연말 문학망년회에 가지 않았다. 존경했던 두 분 선배님 만나는 것이 큰 영광이었는데… 더구나 김동길 교수님은 고등학교때 알게 되어 대학교때 문학 강의를 들었고 내 아들을 영문과에 가도록 권유하고 나중에 주례까지 서주신 분이다. 내가 포항공대 교수로 가게된 것도 김동길 교수님 덕분이었다.

또 서울에 가면 반갑게 대해주는 「문학의집 서울」의 김후란 이사장과 전옥주 사무처장 서훈복 이사 등의 신세도 잊을 수 없다. 춘천의 김생기 평론가와 이천의 성지월 시인, 성지월 시인인 자신도 환자이면서 내가 입원하고 있는 병원까지 휠체어를 타고 문병 왔을 뿐만 아니라 요즈음 해마다 그 유명한 이천 쌀을 한 두 포대씩 보내오고 있다. 나는 염치없게도 잘 받아먹고 있지만 그 신세를 갚을 길이 없다. 고창수 시인은 지금은 용인에서 칩거하고 있지만 본직인 외교관에서 은퇴한 후에는 독립영화 만드는데 열을 올리고 있다. 지난해 김홍우 교수와 나를 주인공으로 「두 노인」이라는 영화를 제작한다고 통지를 해 놓고 기다렸는데 김홍우 교수의 별세로 이 또한 무산되고 말았다.

고창수 대사 이야기를 하니 같은 외교관 출신의 김종록 대사 생각이 난다. 서울에 가면 점심대접해주고 같이 놀아주던 칡넝쿨 동인이다. 요즘은 뜸하지만 잊을 수 없는 친구이다. 또 고마운 먼데 있는 포항의 두 시인이 있다. 오낙율 시인과 김종철 시인이다. 나와 「문예 천국」을 통해서 인연을 맺었지만 나는 이 두 분의 신세를 너무나 많이 졌다. 열 번을 만나도 반갑게 맞이해 주고 포항을 잊지 못하게 만드는 후배 문인이다. 19년 있었던 포항공대 보다 이 두 시인을 더 잊을 수 없게 만든 고마운 분들이다.

『영남의 인물문학사』를 위한 변명

Ⅰ

나는 1976년에 국제PEN 한국본부 회원으로 가입하였다. 그때 사무실이 서울 종로구 보이스카웃빌딩 안에 있었다. 국제PEN 한국본부는 모윤숙시인의 주도로 한국본부가 설립되었지만 모윤숙시인은 초대 본부장을 1년간 하다가 정인섭 선생(영문학자)에게 승계시켰다. 그러다가 한국문단의 최고원로중의 한분인 백철교수(중앙대 대학원장)가 그 뒤를 이어 받았다. 한국본부회장의 임기는 1년이었지만 백철 선생은 18년간이나 회장 자리에 계셨다. 그 백철회장 밑

에서 신상웅 이라는 소설가가 사무총장으로 있었다. 신상
웅 소설가는 대구 출신으로 그가 대구상업고등학교 재학
중 소설을 200편이나 쓴 소설가이다. 나는 이친구를 통해
서 백철 선생을 알게 되었고 백철 선생이 계시는 중앙대학
교 대학원 박사과정에 입학하여 문학박사학위를 받았는데
그분 생전의 마지막 제자가 된셈이다. 잘 알다시피 백철 선
생은 현대문학을 저널리즘에서 아카데미즘 안으로 편입시
킨 영문학자이시고 「조선 신문학사조사」1·2권을 쓰신 현대
문학의 선구자이시다. 나는 이분 때문에 한국현대문학사를
공부하게 되었고 한국현대희곡문학사를 써서 문학박사가
되었고 포항공대 인문학부 교수가 된 것이다. 백철 선생은
나에게 자신의 문학사는 희곡이 빠진 문학사이니 희곡을
넣어서 다시 한국현대문학사를 쓰라고 하시었다. 그러면서
한국최초의 문예지 「태서문예신보」같은 귀한 자료도 내어
주시었다. 그런 나는 이 백철 선생의 뜻을 지키지 못하였다.
나는 그대신 「영남의 인물문학사」를 쓰게 된 것이다.

Ⅱ

　「영남의 인물문학사」는 비록 향토사 성격의 문학사 이지
만 전국각지역마다 이러한 지역문학사가 있어야 한다고 생
각하고 있었던 때 장사현 시인이「영남문학」을 창간하면서
제의가 들어와서 내가 쾌히 승낙하여「영남문학」창간호부
터 연재하게 된 것이다.「영남문학」이 계간 문예지로 창간
되었고 창간5주년 기념으로 21명 작고문인들의 문학과 생
애를 집필한 것을 단행본으로 발간하였다. 장사현 영남문
학예술인협회 이사장의 안목과 용단이 아니었으면 빛을 못
봤을 인물문학사이다. 재미있는 것은 금년에 있었던 영남
문학 8주년 기념행사에서 부산문인협회 회장을 역임한 정
영자 문학평론가는「영남의 인물문학사」를 높이 평가하여
부끄러웠지만 대구문단의 문인들은 관심 밖인 것 같아 씁
쓸하였다. 서울의 원로시인 문덕수(평론가)교수는 격려의
전화까지 하여 힘을 얻게 하였다.「영남의 인물문학사」수
록문인은 다음과 같다.

Ⅲ

이상의 목차에서 보다시피 21명의 문인들 가운데 11명이 대구출신이거나 대구에서 활동한 문인들이다. 대구출신 문인들이 한국문단의 중심에 있었던 것이다.

IV

누가 내게 물었다. 「영남의 인물문학사」를 언제까지 쓰겠느냐? 고 나는 죽을 때 까지 쓰겠다고 하였다. 영남에서 문학활동 하다가 별세한 문인들이 아직도 수두룩 하다. 그리고 최현배 선생같이 한글학자도 나는 훌륭한 수필가로 평가하고 싶었던 것이다. 30번째로 다룬 이효상 선생은 시집도 10여권 발간한 시인이다. 단순한 독문학자가 아니다. 권국명 시인이 몹시 존경했던 분이다. 나는 이러한 문단에서 각광받지 못한 문학인들을 발굴, 평가할 것이다. 「영남의 인물문학사」는 미완의 상태에서 끝나겠지만 내 건강이 허락하는 날까지 써볼 작정이다. 끝으로 지면을 할애하여 준 영남문학 장사현 발행인과 이 변명을 쓰게한 대구PEN 박복조 회장에게 감사드린다.

2018년 8월 20일

범어동 우암 서재에서

논리적인 너무나 논리적인
조연현의『문학적 인생론』

　나의 문학소년 시절, 아니 대학생 이였으니까 문학청년 시절이라고 하는 것이 옳겠다. 국문학과에 입학해서 현대 문학을 전공하겠다고 마음먹은 나에게 가장 영향을 준 책 (평론집)이 조연현의『문학과 사상』일 것이다. 김동리의 『문학과 인간』, 김동석의『부르쥬아의 인간상』등도 매력 적이였지만 너무 극과 극을 치닫는 것 같아서 내 생리에 맞지 않았다. 그러나 조연현의 문학과 사상은 내가 문학작품을 평가하는 기준이 되었다. 예를 들어 정지용 시인의 시는 '수공(手工)의 예술'이라고 평하였기에 나는 정지용 시집을 전부 구입해 놓고도 읽지 않았다. 손끝에서 쓴 시가 뭐 그리 대단하겠나 싶어 아예 정지용의 시집을 읽을 생각도 안했다. 그런데 다른 문학연구자들이 정지용의 시를 연구해서 논문으로 발표하지 않는가? 그제서야 나도 정지용의 시집과 산문집을 읽기 시작하였다. 그만큼 나는 오랜 세월 조연현의 문학관에 심취되어 다른분의 문학이론을 외면하였다. 그리고 조연현의 평론집과 수필집 등은 발간되기가 바쁘게 구입하여 읽었고 『현대문학』지에 연재된 「한국현대문학사」는 백철의 「신문학사」와 함께 나의 문학공부의 거름이 되었다.

나는 박사학위는 조연현씨 밑에서 해야겠다고 마음먹고 있었는데 그분이 동국대학교에서 한양대학교로 옮기시는 바람에 백철씨가 계시는 중앙대학교에서 받게 되었다.

1970년대 말 조연현씨가 한국문인협회 이사장으로 계실 때 나는 경북지부장을 맡아 그분을 자주 뵐 기회가 많았고 한양대학교 문리대학장으로 계실 때 나에게 연극영화과를 맡기겠다고 권유하셨지만 나는 받아들이지 않고 영남대학교에 그대로 있었다. 그 고마움에 나중에 나는 그분의 무덤까지 찾아갔었다. 참으로 귀중한 추억이다.

조연현의 수십 권이나 되는 저서 가운데 내가 가장 매력을 가지고 읽고 소장한 책은 『문학적 인생론』문고판보다 약간 큰 이 에세이집은 내가 너무 아끼고 읽은 책이다. '연애의 사상', '결혼의 사상', '직업의 사상', '손수건의 사상' 등 수십 가지 작은 제목을 붙여 쓴 이 수필집은 그 내용도 내용이거니와 문장의 논리성에 감탄하지 않을 수 없었다. 조연현씨는 서울신문 논설위원으로 많은 논설을 쓰시면서 초고를 고치는 일이 없었다고 한다.

요즘 논설이 교육계에서 강조되고 있지만 조연현의 산문이 가장 전범이 될 것이다. 천재적인 문장가라고 할 수 있을 것이다. 내가 강의 시간에 많이 이용한 '화장(化粧)의 사상'의 일부를 읽어 보자.

화장에 해당되는 영어는 mask-up이다. 사전을 보면 make-up이란 분장 혹은 조판 등의 의미를 가지고 있다. 분장이란 무대 배우들이 출연하는 작중인물에 알맞게 자기의 모습을 적용시키는 작업이요, 조판이란 인쇄용어로서 산재한 활자를 일정한 규격에 맞추어 배열하는 작업이다. 즉 전자의 분장은 부족한 것을 보충하는 작업이요, 후자의 조판은 무질서한 것에 하나의 질서를 부여하는 작업이다.

부족한 것을 보충하고 무질서한 것에 하나의 질서를 부여하는 작업이란 무엇인가? 그것은 불완전한 것을 완전하게 하는 노력이라고 말할 수 있다. 그러므로 화장이란, 분이나 연지를 발라 아름답게 꾸미는 데 더 의미가 있다고 보아야 한다. 한쪽 다리가 절단된 불구자가 고무다리를 대용함으로써 조금은 완전한 인간에 접근되었다면, 화장이란 그런 것으로 해석되어야 한다. 불안전한 인간을 완전한 인간으로 고치는 것이 화장이라면, 화장의 비결은 완전한 인간이 어떤 형태의 인간인가 하는 것을 이해하는데 있다.(중략)

연애를 위해서 목숨을 바치는 여성은 아름답고, 사업을 위해서 목숨을 거는 남성은 아름답다고 말했다. 그렇다고 연애는 여성의 특유물이고 사업은 남성의 독점물인 것은 아니다. 다만 연애가 개인적인 감정 활동인 점에 있어, 이것

은 여성적 속성이고 사업은 사회적인 활동인 점에 있어, 이
것은 남성적 속성에 속한다는 것을 지적한 것 뿐이다. 연애
나 사업이 남녀에게 다 간이 공유된 중요사임은 더 말할 필
요도 없다. 다만 여성에게 있어서 연애가 더 중요하다면, 남
성에게 있어서는 사업이 더 중요하다고는 말할 수 있다. 이
말은 또한 여성은 연애에 있어서 잘못되기 쉽고, 남성은 사
업에 있어서 잘못되기 쉽다는 의미가 되기도 한다.

　우리는 연애의 실패와 불행을 여성에게서 많이 보아왔다.
「안나,카레니나」나 「보봐리부인」은 전자에 속한 인물들이
고, ‘네로’와 ‘이완용’은 후자에 속한 인물들이다.

선생님의 엽서

대학 2학년 때였다. 진학한지 얼마 안 되어서였다. 「고시조 강독」시간에 수업하러 들어오신 선생님이 키가 훤칠하게 커서 프랑스에서 왔다고 하여도 속았을 미남 교수가 강의하러 들어오셨다. 국문학과 교수 주에 저런 미남 교수가 계시다니…

나는 한 눈에 그 교수님께 반해버리고 홀리었다. 그 분이 모산 심재완 교수님입니다. 국문학과 동창 중에는 김운현 이라는 친구가 있었는데 이 친구도 워낙 잘 생겨서 친구가 되었는데 지금까지도 사귀고 있다.

나는 이 친구를 만날 때 마다 「너는 프랑스에 갔다 놓아도 기가 죽지 않겠다」고 농담도 했었다. 내가 키도 작고 안경도 끼고 못 생겨서인지 나보다도 잘 생긴 사람만 보면 나이를 떠나 친해지고 싶어진다.

대학 2학년 때 수업시간에 처음 뵙게 된 심재완 선생님은 내 인생에 많은 영향을 주시었다. 그래서 대학원에 진학 하였을 때 지도교수가 되어 주셨고 결혼 때 주례를 부탁드렸더니 "나를 따라오라"하시더니 총장실로 데리고 가시는 것이다. 그래서 원하지 않았던 신기식 총장님을 주례 선생님으로 모시었다. 나는 그것이 서운하였던 것이 오래 갔었다. 내가 1960년대 초, 시내 원화여고 교사로 있을 때 하루는 선생님이 보내주신 엽서 한 장 받았다. 일본에서 보내주신 것이었다. 그 엽서를 나는 보물처럼 오래 간직하였다. 아마 수십 년을 나의 책상 서랍 속에서 간직하고 있었다. 그러나 포항으로 대구로 이사 다니다가 어느새 어디에 있는지 보이지 않게 되었다.

나의 처녀 시집에 추천사를 써 주신 청마 유치환 선생의 글도 함께 사라져 버렸다. 나는 억만금을 잃어도 이처럼 섭섭하지는 않았을 것이다. 그러고 보니 유치환 선생님도 미남이셨다. 한번 웃으시면 100만 불짜리 웃음이라고 하였다.

나도 이제 일흔이 넘었다. 기억은 사라지고 추억만 남아, 이 두 분의 명필 글씨를 다시는 볼 수 없는 것이 참으로 아쉽고 아쉽다.

가족처럼 지냈던 그리운 허드선 교수 내외분

I

1957년 이른 봄, 나는 고등학교 3학년에 진학하였다. 고등
학교가 내 인생의 마지막 학창생활이라고 일찍부터 여기고
있었기 때문에 남들처럼 대학 진학에 대한 고민 같은 것은
없었다. 그러다가 인연이 닿아 허드선 교수댁에 갔었다. 낮
에는 먹고 살기에 바빴고 밤에만 고등학교에 다니는 야간
부 학생이 뒤떨어진 영어공부를 하기 위해서였다. 공평동
내인소아과의원 2층에 있는 허드선 교수댁에서 부인이 학
생을 모아놓고 영어를 가르치는데 나도 어쩌다가 끼어들게

된 것이다.

그러나 이것이 나의 운명을 바꾸어 놓을 줄이야 내 자신도 그 때는 몰랐다. 대여섯 명의 대구시내 고등학생들이 한 그룹이 되어 허드선 교수 부인에게 영어를 배우는데 아무리 봐도 내가 가장 영어를 못하였다. 다른 고등학생 중에는 영어 웅변대회에 출전한 학생까지 있었는데 나는 기본발음부터 배웠다. 그것도 발음은 도저히 정확하게 할 수가 없었다. 너무 늦게 배웠다는 것이다. 그러나 허드선 부인은 나를 인간적으로 가장 잘 본 것 같았다. 그래서 남편인 허드선 교수와 상의하여 자기 집에서 낮 동안 와서 심부름도 해주고 보일러 기름도 넣어주는 일을 맡겨주었다. 그 대신 허드선 교수는 내가 대학에 진학하면 학비를 대주기로 약속하시었다. 등록금 때문에 감히 대학에 갈 엄두조차 못내고 있었는데 대학 진학의 길이 열린 것이다. 고등학생이, 그것도 어머니와 동생 셋을 거느린 소년가장이 드디어 대학게 가게 된 것이다. 어디 그 뿐인가? 대학원까지 진학하게 된 것이다.

1963년 봄, 허드선 교수는 경북대학교와 계약기간이 다

되어 미국으로 떠나면서 나에게 대학원 등록금까지 내주시고 가셨다. 나는 그때 "이 은혜를 어떻게 갚겠느냐."고 물었더니 "나중에 잘되면 어려운 누군가의 학비를 내어주면 된다."고 하셨다. 나중에 고등학교 교사가 되었을 때 학생 두 명의 공납금을 대학까지 내어주었다. 나 자신이 허드선 교수로부터 받은 은혜를 그 분의 뜻대로 갚은 것이다.

Ⅱ

1957년 추석날, 사라호 태풍이 전국토를 강타하여 허드선 교수댁 뜰에 있는 큰 나무 한 그루가 쓰러졌다. 쓰러진 큰 나무를 다시 세우기 위해 인부를 구하려 내가 나섰다. 그 때만해도 대구시내 곳곳에 빈 지게를 지고 다니는 사람들이 있었다. 이른바 지게꾼으로 일하는 사람들이었다. 나는 지게꾼 두 명에게 사라호에 쓰러진 나무를 다시 세우는 일을 좀 해달라고 부탁하였더니 거절하는 것이 아닌가? 자기들은 짐꾼 이외의 일은 안 해봤다는 것이었다. 허드선 교수는 "지게짐 지는 것보다 쉬운 일인데 왜 안하느냐?"고 해도 그들은 끝까지 거절하는 것이었다.

　몇 해 뒤 경북대학교 사택이 대명동의 청구주택으로 옮겼다. 그 해에도 전국적인 홍수가 져서 대구시내 곳곳이 물난리를 겪었다. 허드선 교수의 청구주택 부근에는 큰 도랑이 있었는데 도랑물이 넘쳐서 주택마다 대문으로 들어오게 되었다. 내가 아침 일찍 갔더니 물이 들어오지 못하게 집집마다 모래주머니를 대문 앞에 쌓아 놓았는데 허드선 교수댁의 골목만은 물이 들어오지 않았다. 내가 의아해서 알아보았더니 다른 골목은 자기 집 대문만 모래주머니를 막아놓았는데 허드선 교수는 도랑들이 자기 골목으로 들어오는 입구에다 모래주머니를 쌓아 놓았던 것이다. 그러니까 허드선 교수 살고 있는 골목만이 아무런 피해를 입지 않았다. 도랑물이 골목으로 들어오는 길목을 막은 것과 자기 집 대문만 막은 것이 잘 대비되는 결과였다. 나는 그 현상을 보고 미국사람들을 이기주의라고 말하는 사람들에게 한동안 이 사실을 들려주었다. 오히려 우리나라 사람들이 이기적이지 않은가.

또 하나 부끄러운 일을 털어 놓아야겠다. 내가 하는 일 중에 하나는 우체국에 가서 미국에서 오는 국제우편물을 찾아오는 것이었다. 그런데 편지는 괜찮은데 소포는 배달사고가 자꾸 일어나 나를 괴롭혔다. 미국에 있는 허드선 교수 부모들이 약품 같은 것을 보내었다고 해서 찾으러 가보면 소포에 펑크가 나있고, 소포의 물건이 없는 것이었다. 소포의 껍데기만 있고 알맹이는 빼먹고 없는 것이다. 나는 허드선 교수와 함께 몇 번이나 대구우체국에 가서 항의하였으나 아무런 소용이 없었다. 서적은 그대로 있는데 약품이나 식품 같은 것은 어디에서 사고가 났는지 물건은 사라지고 없는 것이다.

하루는 우체국의 고위직 사람이 "모든 소포는 일본을 거쳐서 들어온ㄴ데 거기서 사고가 나는 수가 있다."고 하였다. 소포의 내용물이 분실된 것을 일본 탓으로 돌리는 것이었다. 나는 정말 부끄러웠다. 내가 어릴 때 일본에 계신 아버지가 부친 짐이 전부 분실된 일을 겪었기 때문이다. 예로 어머니가 일본에서 쓰시던 재봉틀을 이불에다 싸서 부쳤는데 이불 안에는 재봉틀 대신 돌이 들어있었다. 내가 초등학생 시절이었는데 "그때의 어머니의 실망한 표정을 지금도 잊을수 없다."고 하였더니 허드선 교수는 "한국에 오기 전에 일본에 3년 동안 살았었는데 일본에서는 한 건의 배달사고도 없었다."고 항의하였다. 1960년대 우리나라가 너무 가난했던 시절에 일어난 사고라고 하기에는 그때 나는 한국사람으로 너무 부끄러웠다. 오랫동안 잊을 수 없는 일화이다.

1960년대 초에 한 번은 이런 일도 있었다. 허드선 교수가 낮에 집에 들어오실 시간도 아닌데 허겁지겁 들어오셨다. 그리고 그 사유를 이야기하시는데 나는 부끄럽기도 하였지만 재미있게 들을 수밖에 없었다. 경북대학교 학생들의 대변 검사를 위해 수십 명 학생들이 대변을 수거하여 가방에 넣고 합승버스를 타고 동산병원 앞에 내렸더니 가방이 찢어져 있고 대변 뭉치가 사라져 버렸던 것이다. 그때는 교통수단이 소형버스인 합승버스가 대부분인 시대였다. 그러면서 내 옆자리에 앉았던 젊은 남자가 소매치기였던 모양이라고 민망해 하셨다. 나는 미국인을 미행하여 합승버스 옆

자리에 앉아서 소매치기 한 물건이 돈이 아닌 똥이라는데 기가 막혔다. 허드선 교수도 웃고 나도 웃었다.

Ⅲ

허드선 교수에 얽힌 일상사는 수도 없이 많지만 개인사정을 너무 털어놓는 것 같아 이것으로 마치려 한다.

1990년 봄, 허드선 교수님은 잠시 한국에 다니러 오셨다. 그때 반갑게 만났고 서로가 고맙다고 인사를 나누었다. 허드선 교수는 그때 내가 근무했던 포항공대 김호길 총장과도 잘 아는 사이라는 것도 알았고, 포항공대에도 한번 다녀가셨다. 나보고 미국으로 한번 오라고 하셨으나 끝내 가보지 못하였다.

"미국사람에게 잘 보이면 원중이도 신태식씨처럼 필 수 있다"고 하셨던 허드선 교수 부인의 권유도 나는 지키지 못하고, 대학도 국문과에 진학하였다. 나는 근본적으로 아첨하면서 출세하는 데는 아예 내 성격과는 맞지 않았다. 그러나 나는 대학 진학의 꿈을 접었던 고등학생이 허드선 교수님을 만나 그 은덕으로 대학에 진학하였고, 대학원까지 나와 평생을 교수생활을 하게 되었다. 나는 이것이 몹시 자랑스러웠고, 그 은혜를 허드선 교수와의 만남의 덕택이라고 평생 감사의 마음으로 살았다.

아, 언제나 그리운 허드선 교수님! 삼가 교수님의 명복을 빕니다.

올빼미 학창생활 12년

1949년 고향인 안동에서 전통있는 6년제 중학교에 입학하였으나 그 이듬해 6.25전쟁이 터져 2학년에서 학업이 중단되고 말았다. 그리고 모교인 초등학교 사환으로 취직하였다.

1년동안 중학교에 다니는 동안 겪은 고초는 지금도 잊을 수 없는 한으로 가슴에 남아 있다. 중학교 입학식 날까지 입학금을 못 내어 입학식장에서 무조건 울었던 일은 평생 잊을 수가 없다. 계속 울기만 하니까 교장실로 불려가서 일주일 등록금 납부연기를 받았다. 결국, 어머니의 옷가지를 친정에다 팔아서 겨우 입학금은 해결될 수 있었다.

나는 초등학교 5학년 때 아버지를 여의고 어머니와 여동생 셋을 데리고 사는 소년 가장이 되었으나 그것도 6.25 전쟁이 1년 만에 나의 학업을 중단시켜 버린 것이다.

학기마다 등록금을 납부해야 하는데 그때마다 어머니가 친정에 가서 당신의 옷가지를 맡기거나 빌려서 등록을 하였다. 그러다가 더 이상 등록금을 마련하기가 어려웠던 차에 6.25 전쟁이 학업을 막아 준 것이다. 그리고 모교 사환으로 취직해 월급으로 살았는데 어느 날 갑자기, " 이렇게 살다가는 미래가없다"고 여겨져 고향에서 탈출, 대구로 홀로 들어왔다. 이른바 가출 소년이 된 것이다. 열여섯 살 때였다.

대구시청 앞에 구멍가게를 차려놓고 장사를 시작하였는데 나는 새벽같이 일어나서 칠성시장, 서문시장, 교동시장 등을 돌아다니면서 물건을 사다가 가게에서 팔았다.

장사는 잘 되었으나 수복 후 국군이 서울 쪽으로 올라가 버리자 장사가 안 되어 삼덕동 쪽으로 옮겨서 해도 그것도 안 되었다. 하는 수 없이 장사를 접고 고등학교 1학년 때부터는 신문팔이를 시작하였다. 물론 야간고등학교를 다녔다.

6.25 전쟁으로 중단된 학업은 4년의 공백기를 거쳐 대구 오성중학교 야간부를 거쳐 같은 오성고등학교 야간부에 입학한 것이다. 스무 살 때였다. 오성중고등학교는 동인동 떡전골목 안에 판잣집 교사였다.

나는 오성중학교 3학녕에 편입하기 전 서울신문 신춘문예에 동시와 동화가 입선되었고, 오성중학교에 다니면서 <소년세계>와 <새벽>등 잡지에 작품을 발표하여 문학도의 명성을 떨쳤다. 그것을 아신 교감선생님이 "너는 오성고등학교에 입학하면 문예 장학생으로 3년간 등록금 면제 시켜준다"하시었다. 그 덕택으로 나는 등록금 걱정없이 고등학교를 졸업할 수 있었다. 그리고 고3 때는 대학등록금을 마련한다는 핑계로<사멸과 야학>이라는 시집을 내서 대구예식장에서 출판가념회도 열고 대구 문단에 화제가 되었다. 고3 때 영어 배우러 간 미국인 교수 덕택으로 대학등록금은 해결되었고, 대학원은 현직교사가 되어 주경야독의 마지막 생활을 마쳤다.

고등학교 재학 중에 만든 <칠성넝쿨>문학동인회에서 알게 된 박양균 시인은 나의 평생 멘토가 되어주신 분이다. 자유당 시절 대학 졸업해도 취직이 어려운 때 대구 원화여자고등학교에 부탁해 주셨다. 1962년이었다. 그 후 40년 후 포항공대에서 정년퇴임 때까지 오직 학교생활만 하게 만들어 주신 분이 박양균 선생이었다. 나는 어려운 시절 첫 지강을 만들어 주신 이 분을 영원히 잊을 수 없다. 대구와 포항 두 곳에 인연이 있어 시비와 문학비를 세월렸을 뿐이다. 나의 12년의 올빼미 학창생활은 이렇게 끝났다. 지난 세월은 이제 아름다운 추억으로 남을 분이다.

배부른 돼지보다 배고픈 소크라테스가 되다

이 제목은 대구 오성중학교 3학년 때 교감 선생님이 보강 수업에 들어오셔서 흑판에다 커다랗게 쓰신 글귀이다. 나는 어려운 고비마다 이 글귀를 떠올리면 나의 진로를 생각하고 고민하였다. 고향 안동에서 초등학교 5학년 때 아버지를 여의고 어머니와 여동생들 다섯 식구를 거느리는 소년 가장이 된 나는 너무 일찍 인생의 험악하고 어려운 고갯길을 오르게 되었다.

어머니의 극성스런 교육열로 중학교에 입학하였으나 입학식 날까지 입학금을 내지 못하여 입학식 당일 입학식장에서 어떻게나 많이 울었던지 교장실로 나를 데리고 갔다. 교장선생님의 배려로 일주일 연기 받고 어머니는 친정에 가서 융통하여 입학금을 내셨다. 그러다 2학년에 진학하자 6.25 전쟁이 터져 고향에서의 나의 학업은 이것으로 중단되고 만 것이다. 그리고 모교인 초등학교 교장선생님의 배려로 모교의 사환으로 취직하였다. 그 결과 생활은 안정되었으나 먼 장래를 생각하니 그대로 있을 수 없어서 어느 날 고향을 탈출, 대구로 혼자 흘러 들어오게 되었다.

1951년 가을 이었다. 학교 다니는 것은 엄두도 못내고 나는 대구 시내 서문시장, 칠성시장, 교동시장 등을 무대로 살 길을 찾아 나섰다. 그러다가 시청 근처 산부인과 병원 앞에 구멍가게를 얻어 장사를 시작하였다. 새벽같이 일어나서 칠성시장, 교동시장 등에서 각종 생필품을 떼다가 파는 것이었다. 한때는 장사가 잘 되자 시골에 있는 어머니와 가족들을 대구로 데려와서 함께 살게 되었다.

하루는 대구 동인동 떡전골목을 지나가다가 글 읽는 소리가 어디서 들려오기에 그곳으로 찾아갔더니 야간 중학교였다. 나는 문득 중단된 공부 생각이 나서 그 야간 학교를 찾아들어갔다. 교무실에서 교감선생을 만나서 사실대로 이야기하였더니 증명서가 있느냐고 물으셨다. 나는 안동 농림중학교 2학년 학생증을 보여드렸더니 그럼, 3학년에 편입시켜 주겠다고 말씀하시면서 내일까지 납입금을 내고 등교하라는 것이었다. 편입학금은 이모부께서 내어 주셨고, 나는 중학교 3학년에 다니게 되었다. 열아홉 살 때 일이었다. 그 이듬해 오성고등학교 야간부에 진학하였고, 또 3년 후에는 청구대학야간부에 입학하여 학업을 마칠때까지 장장12년 동안 야간부 학생으로 보낸 것이다. 주경야독의 표본이었다고 할까? 다행히도 고등학교는 문예장학생으로 3년간 등록금 면제 받았고 대학과 대학원은 고등학교 3학년 때 영어 배우러간 미국인 교수 덕분으로 등록금은 해결되었다. 고등학교 3년 동안 등록금을 면제 시켜 주신 교감선생님과, 대학교 등록금을 내어주신 하드슨 교수 내외분을 나는 평생 잊을 수가 없다. 그리고 대학 졸업후 대구 새내원화여자중고등학교 교사로 취직 시켜주신 박양균 시인과 이응창 교장선생을 또한 평생 잊을 수 없다.

이분들이 아니었으면 나는 대학교수까지 하지 못하였을 것이다. 사람은 무엇보다도 인간관계가 아주 중요한 것이다. 그리고 나는 다행히 문학을 좋아하였다. 문학을 전공하는 경지에 까지 오르도록 문학에 심취하였다. 문학의 힘은 나의 고난을 극복하는데 큰 공헌을 하였다. 따라서 이 글의 마지막을 내가 어려울 때마다 읽었던 징기스칸의 어록 "나를 넘어서라"와 내가 중학교 때 쓴 <야학>이란 시 한편을 소개하면서 이글을 마친다.

야학

저무는 교사校舍 밖으로
바다처럼
바다처럼 펼치어가는
길이 있습니다.

어두운 등불 아래 앉으면
나도 모르게
하루의 고달픔은 고요히 사라져 가고
은밀히 스미어드는
보람을 위하여

훨훨 날아가고 싶은
나는
푸른 하늘을 보았습니다.
장하게 날뛰며
부서지는 밀물소리여

어두운 등불 아래서
당신의 끝없는 은혜 속에
오늘도 포근히
안기고 싶은 마음이 있습니다.

아픈 역사1

지금부터 18년 전, 어느 일요일 아침, 나는 친구의 딸 결혼식에 참석하려고 넥타이를 매다가 쓰러졌다. 한 달 전 대구 세계문학제를 마친지 꼭 한달째 되는 날이었다. 나의 "아픈 역사"는 이렇게 시작된 것이다. 그리고 18년이 된 현재에도 왼쪽 몸이 반신불수가 된 채로 하루하루 살아가고 있다. 뇌졸중이 이렇게 무서운지 모르고 있다가 당한 것이다. 대구시의 지원을 받아 2년마다 한 번씩 대구세계문학제를 대구에서 개최하기로 하고 시작한 것인데 갑자기 대구시장이 바뀌었다. 그리고 새 시장은 전임시장이 하던 것을 다 그만

두라는 것이었다. 나는 추진위원장으로서 전임시장과의 약속대로 하겠다고 우겼다가 당한 것이다. 사단법인체로 등록하려던 등록서류를 새 대구시장은 자기 말 안 듣는다고 내던져 버렸다. 나는 이 무지한 대구시장의 행위에 분노를 이겨내지 못하고 쓰러진 것이다. 대구세계문학제가 무산되니까 준비과정에서 재정적 뒷받침 해 준 김준성 이수그룹회장과 사무실을 제공해 준 대구은행과 금복주 등에게도 미안하게 되었지만 그보다도 가장 미안한 것은 미국, 러시아, 일본, 중국 등에서 활동하고 있는 해외 동포 작가, 시인들이다. 힘들게 찾아낸 이들은 2년에 한 번씩 모국을 찾는다는 기대와 기쁨이 컸었는데… 그 미안함이 지금도 나의 가슴을 누르고 있다. 병상생활하고 있는 나에게 문의가 자주 오는데 할 말이 있어야지… 나는 말년에 좋은 일 한번 하려다가 내 몸만 망친 결과가 되었다. 일찍이 독일의 문호 괴테가 "시는 어린 시절에는 노래이고 중년에는 철학이고 노년에는 인생이어야 한다."고 하였듯이 나는 노년에 「아픈 역사」라는 인생을 쓰면서 스스로 위로하면서 살고 있는 것이다.

죽어도 잊을 수 없는 친구, 장윤익

　나는 아버지를 일찍 여읜 까닭으로 성장 과정, 또는 학창 시절에 친구들의 도움을 많이 받으면서 살아왔다. 초등학교 5학년 때 아버지가 돌아 가셨고, 중학교 2학년이 되자 6·25전쟁이 터졌다. 고향인 안동에서는 도저히 살아갈 수가 없어서 대구로 부득불 나오게 되었다.

　어머니와 여동생을 고향에 두고 나 홀로 탈출한 것이다. 나는 대구로 나와 대구 시청 앞에서 구멍가게를 시작하였다. 조금 살게 되니까 다시 학업을 계속해야겠다는 생각이 앞섰다.

동인동에 있었던 오성중학교를 거쳐서 수성교 건너 오성고등학교에 입학한 것이 1955년 3월 이었다. 물론 야간부 학생이었다. 그때 장윤익 이라는 친구를 만났다.

윤익이는 경주에서 중학교를 마치고 대구사범학교에 다니고 있었다. 대구시내에서 수성교 건너가 오성고등학교 가는 길목에 윤익이의 집이 있었다. 윤익이는 어머니와 누님과 함께 살았는데 나는 학교에 가고 오는 길에 자주 들렀다. 아니 거의 매일 갔었을 것이다.

나의 직장은 대구시 대안동에 있는 아무개 정당이었고, 집은 대봉동 이천교 근처였다. 나의 고등학교 3년은 주경야독이었다.

대봉동 집에서 아침에 나와 대안동에 있는 직장에서 하루 종일 있다가 수성동에 있는 야간학교에 가서 공부하고 밤늦게 집으로 돌아가는 생활의 연속이었다.

그러니까 윤익이의 집은 나의 휴식처였고 나의 배고픔을 해결해 주는 안식처이기도 하였다. 윤익이의 어머니와 누나는 매일 들락거리는 나를 싫어하는 내색 한번 하지 않으셨다. 아니 며칠만 안 보여도 아들에게 "왜 요새 원중이는 안 오노?"하셨다고 한다. 나를 아들이나 마찬가지로 대해주셨던 것이다. 나도 배짱 좋게 윤익이의 집을 우리 집 드나들 듯 다녔다. 이것은 다 윤익이의 친구 좋아하고 베풀기 좋아하는 성품 덕택이었다.

　나는 그 때 윤익이의 가족들이 나에게 베풀어 준 은혜를 평생 잊어 본 적이 없다. 그러나 그 은혜를 갚지도 못하고 마음속에만 간직하고 살았을 뿐이다. 윤익이의 어머님께서 돌아가셨을 때　내게는 알리지도 않아 애석하게도 문상도 가지 못하는 우를 범하고 말았다.

　윤익이는 사범학교를 나와 초등학교 교사로 근무하였기 때문에 대학에 갈 필요성을 느끼지 않았었다. 윤익이 누님은 나에게 동생을 만나더라도 대학 진학을 권하지 말라고 하셨다. 그러나 그의 면학열은 대학에 진학하지 않을 수 없었고, 그와 나는 비록 야간대학이었지만 열심히 학교에 다녔다. 우리는 주경야독의 모범생이었다고 자부하고 있다. 공부뿐만 아니라 학생회 활동도 열성적으로 참가하여 학예부장의 직책까지 맡아 사회성을 평가받기도 하였다. 윤익이의 주변에는 친구들이 항상 들끓었고, 무엇보다도 의리를 중시하는 학생회 간부였다.

그는 진정 용기 있는 친구였다. 불의를 보면 못 참는 성격이었다. 1960년 4·19 때 학생들의 데모 대열에 동참하였다. 현직교사가 데모대에 참여한다는 것이 어지간한 용기가 없으면 할 수 없는 일이었다. 나는 그러한 그의 용기와 신념이 그의 일생을 만들었다고 본다.

그가 교수도하기 어려운 우리의 처지에서 대학의 최고 경영자(총장)까지 무난히 해낸 것도 대학시절 이미 예고되어 있었던 것이다.

남들은 쉽게 생각할지 모르지만 본인의 노력과 열정 없이는 불가능한 일이다. 윤익이는 비상한 뒤뇌의 소유자이다. 그러나 그는 머리만 믿고 안일하게 살지 않았다. 부단히 노력하고 꾸준히 목표를 정해 공부를 게을리 하지 않았다.

고등학교 교사 시절에도 그는 항상 손에서 외국어 서적을 놓지 않았다. 뒷날 프랑스로 유학 가는 것을 보아도 그는 한번 마음먹은 것을 기어이 실천에 옮기는 행동인이었다.

그러나 그도 이제 세월에 떠밀려 정년퇴임을 앞두게 되었다. 교수고 총장이고 하는 자리를 떠나 비로소 선생으로 돌아와 정년을 맞게 된 것이다.

그 어렵고 힘든 한 시대를 함께 건너왔다. 전쟁 직후 대구에서 처음 만나 서로 이름을 부르면서 <칡넝쿨> 문학동인 모임 하던 50년 전으로 되돌아 간 것이다. 그 때의 건강한 모습으로 우리는 다시 만나 아름다운 삶을 누리기를 기원한다.

우리는 문학이라는 정년퇴임이 없는 무기를 가지고 있지 아니한가.

2부

고전 새로 읽기

실패가 두려운 젊은이에게 (혹은 두렵지 않으니까 청춘이다)

1982년 그 무더웠던 7월, 나는 스페인의 수도 마드리드에
가 있었다.

그때 마드리드는 세계축구(월드컵)대회의 개최로 온 도
시가 열기로 가득 차 있었다. 그러나 월드컵 축구대회의 열
기에 아랑곳하지 않고 마드리드의 예술원에서는 세계 시인
들의 모임이 조용히 열리고 있었다.

제 6차 세계 시인 대회가 그곳 마드리드에서 일주일간 열
렸던 것이다. 내가 그 일주일 동안 가장 많이 찾아간 곳이
마요르 광장이었다.

17세기에 마련되었다는 이 광장은 밤이면 참으로 장관이었다. 그 중 가장 인상적인 것이 <노인과 바다>로 1954년 노벨문학상을 받은 미국의 작가 어네스트 헤밍웨이가 스페인에 올 때마다 찾아왔었다는 마요르 광장 바로 밑에 있는 오래된 술집이었다.

어쩌면 헤밍웨이가 만졌을 맥주잔을 들고 술집 전용악사들의 아코디온 반주에 맞춰 노래를 불렀던 일을 아직도 잊을 수가 없다. 아리랑·도라지 타령 같은 우리의 민요곡을 한두 번 듣고 그대로 켤 줄 아는 스페인 악사들의 천부적인 음악성에 감탄하였지만 우리 일행이 합창을 하면 술집에 온 손님이 박수로 장단 맞춰주는 그 장면이랄까 분위기가 감동적이었다.

아마 헤밍웨이가 스페인에 자주 갔었던 이유 중의 하나가 그러한 정열적이고 낭만적인 술집이 있었기에 그 추억이 그리워서였을 것이다. 헤밍웨이는 생전에 스페인을 네 번이나 찾아갔었다. 그리고 신념의 한 인간을 그려낸 장편소설 <누구를 위하여 종은 울리나>를 탄생시켰다.

이 걸작은 스페인을 배경으로 한 장편 대서사시인 것이다. 헤밍웨이는 3세 때부터 의사인 아버지를 따라 낚싯대를 잡았다. 그리고 사냥을 배웠다. 그러나 장성하여 낚시와 사냥에 싫증을 느끼면 스페인에 가서 투우를 즐기고, 술과 플라멩코 춤을 즐겼던 것이다.

헤밍웨이의 모든 작품이 우리나라에 소개되어 있고 또 앞의 <누구를 위하여 종은 울리나>를 비롯하여 많은 작품이 영화로 우리나라에 상륙하여 많은 팬을 사로잡았다. 그러나 내가 헤밍웨이의 그 많은 작품 가운데 가장 재미 없는 (?)소설인 <노인과 바다>에 매료된 것은 그 주인공의 패배를 모르는 인간상에 감동을 받았기 때문이다. 어부인 산타아고의, 파괴는 당해도 패배를 모르는 노련한 삶은 어렵게 살아온 내 자신이 좌절할 때마다 힘이 되어준 용기의 샘물이었다.

실패를 두려워하는 현대의 젊은이들에게도 이 작품은 감동적인 교훈을 줄 것이다. 인간은 어떤 경우, 어떤 상황에서도 그가 가진 의지에 따라 그 결과가 나타난다. 노인과 바다의 주인공 산티아고처럼 강인한 의지력을 가진 행동인, 비극을 비극으로 여기지 않고 묵묵히 앞으로 나아가는 소박한 인간성에 무한한 애정과 공감을 갖지 않을 수가 없다.

또 한 가지 우리가 헤밍웨이에게서 받아들이지 않을 수 없는 것은 그의 문학에의 장인정신이다. 불과 100페이지의 양에 불과한 이 중편소설을 완성하기 위하여 10년을 침묵에 잠기면서 고민하였으며, 1925년 9월 <라이프>지에 발표할 때까지 200번이나 새로 다듬었다는 일화도 있다. 결국 헤밍웨이 자신이 실패는 하나 패배를 모르는 인간이었던 것이다. 헤밍웨이가 받은 퓰리쳐상과 노벨문학상은 우연히 받았던 것이 아닌 것이다.

작품 창조를 위한 뼈를 가는 아픔의 고뇌 끝에 이룩된 결실인 것이다. 어떻게 보면 내용도 단순하고 지루하기까지 하다. 늙은 어부의 소박한 고기잡이 이야기에 불과하다. 그러나 그 이면에 담겨진 깊은 사상과 풍부한 상징은 강한 휴머니즘이 넘친다. 결국 헤밍웨이는 이 <노인과바다>를 통해서 그의 인생관이 승리를 거둔 것이다.

사자의 꿈을 꾸며 고이 잠드는 산티아고의 마지막 모습은 인생의 온갖 파도와 시련을 겪으면서 살아온 달관된 승리의 인간상을 보는 듯 독자는 흐뭇한 감동에 사로잡힌다.

이 <노인과 바다>는 나에게 있어 문학적인 감동과 인생의 지표를 심어준 평생 잊을 수 없는 바다의 대서사시인 것이다.

장 폴 사르트르의 「구토」

인간 존재의 부조리

1982년 7월, 스페인의 마드리드로 가는 길에 파리에 며칠
동안 머문 적이 있었다. 일행은 네 명. 성춘복, 김영태 시인,
극작가 오학영, 그리고 필자였다. 파리에서 유명한 에펠탑
근처에 숙소를 정한 후 사르트르가 생전에 단골로 다녔다
는 카페를 찾았었다. 소문에 듣기에는 사르트르의 계약결
혼으로 맺어진 평생의 반려자 보브와르가 이 카페에 매일
나들이한다는 것이다. 그러나 보브와르는 며칠 동안 그 카
페에 오지 않았다. 아파서 못 나왔다는 것이다. 그러나 나는
그 카페에 앉아 커피를 마시면서 사르트르의 많은 것을 생

각하였다.

내가 대학생이었던 1950년대 후반기에는 프랑스의 실존주의 사상이 우리나라 독서계에 풍미하였고 그 가운데 가장 인기작가가 사르트르와 까뮈였다. <실존주의는 휴머니즘이다>라는 문고판 철학서는 아직도 소중하게 간직하고 있다.

장 폴 사르트르(1905~1980)는 '프랑스 문화가 세계에 내놓은 최후의 대작가'라고 르몽드지가 논평했듯이 우리나라 지성인이라면 누구나 알고 있다. 장 폴 사르트르는 세계에서 가장 유명한 프랑스 사람이라고 할 수 있다. 앞에서 말한 실존주의 철학뿐만 아니라 소설, 연극(희곡), 에세이, 비평 등 모든 면에서 성공을 거둔 혁명적 지식인이다.

그는 아홉 살 때 문학병에 걸린 후 철저한 니힐리스트로 출발하여 전투적인 무신론자가 되었다. 철저하게 반항적이었으며 그의 문학론인 사회참여론은 우리나라 문단에도 오랫동안 논쟁거리가 되었었다. 즉 지금도 순수문학이냐 참여문학이냐를 가지고 논쟁을 삼는 사람들이 적지 않다.

사르트르는 또한 획일주의를 싫어한 절대적 자유인이었다. 두 살 때 아버지를 여의고 열 살 때 어머니가 재혼하자 '문학병'이라는 신경증에 일찍 걸리지 않을 수가 없었던 것이다. 글 쓰는 것 이상 더 아름다운 일은 없다고 생각하였으며 이 생각은 50세가 되어서야 바꿀 수 있었다. 즉 문학도 다른 인간 활동의 한 가지며 문학 이외에도 얼마든지 많은 일이 있다는 것을 깨달았던 것이다.

1964년 노벨문학상 수상작인 <말>은 문학을 통해서 문학 자체를 부인하는 영역으로 독자들을 끌어넣고자 한 작품이다. 사르트르의 어린 시절을 윤색한 회고록인 <말>은 그의 마지막 문학작품이 된 셈이다. 그리고 그의 처녀작 <구토>와 함께 사르트르 문학의 쌍벽으로 남게 된 것이다. 자유주의자 사르트르는 이 <말>이 노벨상 수상작으로 선정되자 즉시 거부하였다. 그리고 다음과 같이 말하였다. "사람들은 내가 사회 이탈을 한 것으로 생각하고 내 과거를 용서한다는 뜻에서 상을 주었다. 한 작가에게는 언제나 최후의 작품이다 싶은 것이 있는 법인데 노벨상을 주어 이 작가를 죽여

버린다. 모리악 말고는 수상자들이 대개 일찍 죽었다. 나는 노벨상 수상을 거부했기 때문에 아직까지 살아 있다고 생각한다." 참으로 사르트르다운 말이고 행동이다. 노벨문학상의 수상을 거부한 작가는 사르트르 이전에는 영국의 죠지 버나드 쇼와 이후에는 러시아의 보리스 파스테르나크가 아닌가 한다.

올림픽을 개최한 나라 가운데 유일하게 노벨문학상 수상자가 없는 우리나라로서는 참으로 부끄럽고 안타깝다. 받기 싫어하는 사람에게 억지로 주지 말고 우리나라 작가에게 주면 오죽 좋겠는가. 김춘수 시인이 국회 문공위원 시절 스웨덴의 노벨상 위원을 만났더니 "한국에는 어느 나라 문자를 빌려다 쓰고 있느냐?"고 묻더라는 것이다. 이 말을 들은 김춘수 시인은 충격을 받았다는 것이다.

세계에서 가장 과학적이고 우수한 문자를 가진 나라인데 외국에서는 아직도 문자도 없는 후진국가로 인식하고 있으니 노벨상은 백년 후에나 가능할까? 아니 영어를 제2공용어로 쓰자는 얼빠진 사람들이 문인 가운데서도 나오는 나라인데 노벨상은 우리나라와 영원히 관계가 없어질는지 모르겠다.

사르트르의 문학 작품 가운데는 <벽>이라는 성공한 단편집과 <자유의 길>이라는 대작이 있으나 그의 데뷔작인 <구토>를 소개하는 것이 더 문학적 의의가 있을 것이다.

1938년에 발표한 이 <구토>는 사르트르가 1933년 레이몽 아롱으로부터 훗날에 관한 이야기를 듣고 베를린 유학 후 초고를 완성한 작품이다. 어떻게 보면 소설이라고 부를 수 없는 소설 형식의 작품이다. 사르트르는 "철학서로 쓰기에는 아직 사상이 설익었기 때문에" 소설 형식을 밀렸다고 말하였다. <구토>는 부빌이라는 가공의 도시를 중심으로 한 주인공 앙트완 로캉탱의 일기 형식의 소설이다. 일상사의 많은 것에서 구토를 느끼는 앙트완 로캉탱은 그 구토감의 원인을 규명하기 위해 일기를 쓰기 시작한 것이다. 로캉탱이 외계의 사물이나 인간 내면에서 느끼는 구토감을 상세하게 적고 있다. 바닷가에서 놀이를 하고 있는 아이들의 흉내를 내고자 조약돌 한 개를 주워든 순간, 구토를 느낀다.

문의 손잡이에서도 구토를 느끼고 물웅덩이에 있는 진흙 묻은 종이를 주웠을 때도 구토를 느낀다. 심지어 맥주 컵을 바라보거나 카페 종업원이 입은 셔츠의 주름을 보고도 구토를 느낀다. 그리고 이 구토를 진정시킬 수 있는 것은 낡은 재즈 레코드 소리를 듣는 것뿐이라는 걸 알았다.

로캉탱은 어느날 그에게 계시가 찾아와서 공원으로 달려간다. 벤취에 앉아 눈앞에 서 있는 마로니에 나무를 보며 명상에 감긴 끝에 구토의 정체를 알게 된 것이다. 나무는 일상의 외관을 벗어던진 채 그냥 서 있는 하나의 딱딱한 덩어리일 뿐이라는 것을 깨달았다. 인간의 존재도 마찬가지이다. 어떠한 존재 이유도 없이 그저 그곳에 우연히 존재할 뿐이다.

로캉탱은 잠시 재회한 옛 애인과의 만남을 통해 이런 생각을 재확인하게 된다. 완벽한 심미주의를 추구했던 애인도 이제는 그저 살아가고 있는 고독한 한 여자에 불과하였다. 로캉탱도 좋아하는 음악을 들으면서 부빌에서 파리로 돌아갈 것을 결심한다. 모든 존재에는 존재 이유가 없다는 것을 깨닫고 절망에 빠지는 것이다. <구토>는 사르트르가 주장하고 있는 중심 사상 즉 인간 존재의 부조리와 절망감을 드러낸 작품이라고 할 수 있다.

그러면 이러한 인간 존재를 부정하고 절망감에서 벗어나는 길은 없을까? 있다면 소설을 쓰는 것이다. 이 <구토>의 결말은 소설을 쓰는 것이 부조리에 대항하고 절망감을 해소하고 희망을 희미하게나마 갖게 된다는 것이다. 인간 존재의 근본적인 허망함과 무의미, 그것으로 인한 인간의 역겨움(구토)을 분석하고 밝히고자 한 작품이 사르트르의 처녀작 <구토>이다. 사르트르는 이 <구토>를 통해 자신의 실존주의 철학을 보여주려고 한 것이다.

"프랑스에는 석유가 없다. 그러나 사상이 있다."이 말은 프랑스 사람의 자부심을 나타낸 말이다. 사르트르를 생각하면 더욱 실감이 나는 말이다. 몽파르나스 언덕에 누워 있는 사르트르가 그리워 진다.

앙드레 지드의 「좁은 문」

둘이서 나란히 걷기에는 너무도 좁은 길

참으로 이해가 안 되는 이상한 나라라고 하지 아니할 수 없다. 프랑스라는 나라 말이다. 노벨문학상 수상자가 하도 많이 배출된 나라이어서 그런지 장 폴 사르트르처럼 노벨상의 수상을 거절한 작가가 있는가 하면, 앙드레 지드 (Andre Gide·1869~1951)가 1947년 노벨문학상을 받았을 적에 수상을 반대한 언론이 있었다.

즉 프랑스의 어느 신문에서는 노벨문학상 수상자인 앙드레 지드의 인물 사진을 거꾸로 게재하였다. 그의 노벨문학상 수상이 잘못되었다는 것이다. 그 대신 시인 폴 발레리의 사진을 똑바로 게재하였다.

이러한 프랑스 신문의 횡포는 10년 후인 1957년에도 있었다. 알베르트 카뮈가 노벨문학상을 수상하자 어느 한 신문에서 카뮈의 사진을 거꾸로 게재하였다. 그리고 앙드레 말로의 사진을 똑바로 게재하였다. 폴 발레리나 앙들레 말로가 노벨문학상을 받기를 기대하였는데 어긋났다는 것이다. 자신들이 존경하고 지지하는 작가가 노벨상 수상자로 선정되지 않았다고 일종의 시위를 하는 프랑스의 문화풍토를 우리는 어떻게 해석하여야 할까? 앙드레 지드는 팔순이 다 되어 노벨문학상을 받았으며 4년 후인 1951년 이승을 하직한 것이다. 노벨상 수상자도 많고 워낙 쟁쟁한 시인 작가들이 많이 배출된 프랑스에서 앙드레 지드는 노벨문학상 수상자이면서도 그렇게 주목받은 작가는 아닌 것 같다.

그러나 우리나라에서는 앙드레 지드의 독자들을 많이 볼 수 있다. 아마 사춘기 시절을 보내면서 앙드레 지드의 <좁은 문>을 손에 들지 않은 젊은이는 드물 것이다.

앙드레 지드는 프랑스 남쪽 위제스 태생의 법학 교수인

아버지와 북쪽 루앙 태생인 어머니 사이의 엄격한 기독교 가정에서 태어났다. 11세 때 아버지를 여의고 편모 슬하에서 허약하게 자랐다. 학교 교육도 불규칙하였고 대부분 가정교사 밑에서 공부를 하였다. 어린 시절부터 외사촌 누이 마들렌느와의 숙명적인 사랑을 맺음으로써 그의 전 생애에 걸친 많은 작품의 근원이 되었다.

1891년에 쓴 처녀작 <앙드레 왈테르의 수첩>을 비롯하여 <패덕자>(1902), <전원 교향악>(1919), <여성 학교>(1929)의 여주인공들은 마들렌느의 분신 내지 그림자라고 할 수 있다. 1909년에 쓴 <좁은 문>의 여주인공 알리사는 지드와의 결혼을 완강히 거절하며 회피하던 시절의 마들렌느를 그대로 옮겨놓은 것이다. 이 <좁은 문>으로 인해 앙드레 지드는 작가적인 명성을 얻게 되었다. 그 전까지는 아무런 주목도 받지 못한 무명작가였다. 앙드레 지드의 대표작이 된 이 <좁은 문>은 외사촌 누이인 마들렌느와의 사랑을 바탕으로 쓴 소설이다.

젊은 시절의 앙드레 지드 자신의 청교도적인 금욕주의와

지나치게 민감한 감성으로 고민하던 지드의 자화상이 소설 전반에 흐르고 있다. 알리사는 외사촌 누이 마들렌느이며 지드 자신의분신이기도 하다. 엄격한 종교적 분위기에 젖어 있던 젊은이의 정신이 여주인공 알리사에게 그대로 녹아 흐르고 있다. 그러한 금욕주의에 대한 향수와 젊은 시절의 그리움이 <좁은 문>의 배경이라 할 수 있다.

지드 자신이기도 한 남자 주인공 제롬은 신체가 허약하고 감성적이고 예민한 성격의 소년이었다. 아버지가 돌아가신 후 제롬은 어머니와 가정교사와 함께 외롭게 살았다. 제롬은 두 살 위인 알리사와 한 살 아래인 줄리에뜨, 그리고 어린 로베르가 있는 친척집(외가)을 자주 방문하였다. 제롬은 외숙모인 뤼씰르 뷔꼴랭에게는 묘한 감정을 가지고 있었다. 예쁜 알리사의 어머니 뤼씰르 뷔꼴랭은 연극적인 발작이 잦아지더니 가출까지 하였다. 알리사는 제롬과 급속도로 가까워지고 어느 날 둘이는 시골의 낡은 교회를 찾았다. 그때 목사님의 '좁은 문으로 들어가기를 힘쓰라'는 설교를 듣고 둘은 감명을 받는다.

제롬은 환상 속에서 좁은 문을 보게 된다. 그의 청교도적인 기질과 알리사에 대한 사랑이 바로 '좁은 문'이라는 생각에 미치게 된다. 사랑의 갈등이 시작되는 것이다. 어느 날 제롬은 알리사가 어떤 생각을 하고 있는가를 알게 된다. 알리사는 제롬에게 사랑이 자신에 대한 책임감이 아니라 보다 훌륭한 것을 추구하고 사랑의 완성은 하나님의 품 안에서만 가능한 것이라고 말한다. 그리고 제롬의 어머니가 사망하자 알리사는 제롬을 더욱 애처롭게 여기게 되고 제롬은 어머니의 죽음으로 알리사와의 결혼이 보다 빨라지지 않을까 여겨져서 슬픔에서 벗어나지만 그것은 자신만의 꿈이었다.

자신의 사랑이 아무리 아름답고 깊어도 알리사가 받아들이지 않는 한 성사될 수 없는 것이다. 그녀는 평온한 그들 사랑에 혼란을 일으키지 말고 편지를 나누자고 한다. 제롬은 학사시험을 준비하던 중 절친한 친구 아벨 보띠에를 만나 알리사와의 어려운 사랑을 토로하기도 한다. 제롬이 징집되어 군에 있는 동안에도, 제대한 뒤에도, 어색하고 괴로운 관계만 유지된다. 괴롭고 상처 주는 대화만 몇 년 동안 오고 간다. 제롬은 알리사 외는 결혼하지 않는다고 알리사에게 말해도 알리사는 점점 수척해지고 결국 죽고 만다.

그리고 알리사의 모든 번민과 고뇌가 담긴 일기장을 제롬은 받는다. 알리사가 죽은 지 10년 후 제롬은 알리사의 집을 방문, 알리사의 여동생 줄리에뜨가 "왜 결혼하지 않느냐?"고 질문을 하자 "한 여자를 사랑하는 마음을 지닌 채 다른 여자와 결혼하여 가식적으로 살 수 없다"고 대답한다. 이 소설은 한마디로 영원히 도달할 수 없는 신앙적 완성으로서의 사랑을 그리고 있다. 지상의 사랑에 완전한 만족이라는 것이 있을 수 있는가. 제롬과 알리사는 이에 대해 끊임없이 회의하면서 사랑을 초월적이고 영원한 시공간에 두고 싶어 하였던 것이다. 이들은 너무나 철저한 청교도적인 사고방식과 온화한 유년 시절의 기억으로 인해 무의식 중에 신앙적인 사랑에 대한 집착을 갖고 있었던 것이다.

이들에게는 사랑이 신에게로 이르는 '좁은 길'이었다. 사랑을 실현시킨다는 것은 신의 품 안에서만 가능하다고 믿는 알리사의 엄숙주의는 제롬을 번번이 실망시켰던 것이다. 제롬과 알리사가 끝내 결혼하지 못한 현실적 이유도 몇 가지 있다. 첫째 알리사가 제롬보다 두 살 위인 누나라는 점, 둘째 알리사의 동생 줄리에뜨가 제롬을 사랑하고 있다는 것, 셋째 어머니의 가출에 의한 아버지에 대한 염려, 그리고 불륜에 빠진 어머니에 대한 실망감 등일 것이다. 그러나 알리사는 근본적으로 지상의 행복을 믿지 않았으며 사랑에 절실하면서도 가혹하였다.

신에 대한 사랑과 제롬에 대한 사랑을 병행시키지 못하리라는 걱정과 회의 속에서 즐거움과 만족을 느꼈던 알리사는 참으로 탐구해 볼만한 여성인 것이다.

'좁은 문으로 들어가기를 힘쓰라'는 성경 구절(누가복음 13장)이나 알리사의 다음 일기는 시사하는 점이 많다. '주여, 당신이 우리에게 가르쳐 주시는 길은 좁은 길입니다. 둘이서 나란히 걸어가기에는 너무도 좁은 길입니다.'

노자 「도덕경」

사랑을 사랑이라 말하면 사랑이 아니다

역사적인 새 천년을 앞둔 지난해(1999년 11월 22일) 연말에 시작한 김용옥교수의 <노자와 21세기> TV 강좌는 2천년 새해에 들어서도 계속되어 그 열기가 대단하였다.

비록 시청률이 가장 낮은 EBS(교육방송) TV 강좌였지만 많은 화제와 논란을 남겼다. 2000년 2월 24일 종강 후 각 언론에는 두 가지로 갈라진 논란이 있었다. 즉 찬성하는 측과 비판하는 측이다. 노자(老子)를 통하여 동양철학을 알기 쉽게 시청자에게 전달하였다는 김용옥 지지파와 문학적 깊이는 뒤로 한 채 자아도취로 일관해 학문의 격을 떨어

뜨렸다는 비판론자들로 갈라진 여론을 보았다. 김용옥교수를 천재 철학자로 극찬한 시청자도 있었고 기인 또는 지식상인으로 평한 시청자도 있었다. 나도 시간이 있을 때면 시청하였지만 흥미로운 강좌였고 철학을 오락화한공로를 세우지 않았나 하는 생각도 하였다. 그리고 30년 전에 발간된 시인 이원섭 선생이 펴낸 노자 <도덕경(道德經)>을 다시 한 번 보는 계기를 만들었다.

김용옥교수가 56회에 걸쳐 강의한 내용을 담은 책, <노자와 21세기>는 상·하로 나뉘어 간행되었지만 그것은 <도덕경>의 일부에 지나지 않는다. <도덕경>은 전부 81장까지 있는데 김용옥교수는 24장까지만 강의한 것이다. 그러니까 상편인 도경(道經) 37장 중 24장까지만 강의하였고 하편인 덕경(德經) 44장은 손도 못 댄 것이다.

공자(孔子)의 <논어(論語)>와 함께 중국사상 내지 동양사상의 양대 산이라고 지칭할 수 있는 노자의 <도덕경>은 전설에 따르면 세상을 등진 노자가 자신을 알아보는 한 문지기의 권유로 즉석에서 지어준 5천자의 문장이다. 반드시 그렇지는 않지만 1장에서 37장까지는 도(道)에 대한 설명이고 38장부터는 덕(德)을 설명한 문장이다.

공자의 유가(儒家)와 대립되는 노자의 도가(道家)사상이 담겨져 있는 책이다. 인(仁), 의(義), 예(禮), 지(知)라는 덕목을 미리 정해 놓고 이를 실천하라고 강조하는 공자의 유교사상과는 대조되는 자연 회귀론적 견해를 주장하고 있는 것이다. 도(道)는 우주 만물의 원리이고 이 원리를 따르고 지키는 것이 덕(德)이라는 것이다. 도를 따르기 위해 무엇인가 인위적으로 행하는 것이 덕이 아니라 본성대로 자유스럽게 사는 것이 덕이다. 즉 무위자연의 생활 태도가 덕이라는 것이다.

이 동양 최고의 지혜의 책인 <도덕경>은 도가도 비상도(道可道 非常道) 명가명 비상명(名可名 非常名) 무명천 지지시(無名天 址之始) 유명만 물지모(有名萬 物之母)이라는 도가도장(道可道章)이 제1장이다. 이것을 이원섭 시인은 '영구불변한 도(道)'라고 하였다. '도라고 이르는 도는 영구불변한 도가 아니요. 이름(名)이라 이르는 이름은 영구불변한 이름이 아니다.

세상에서 말하는 도란 이 영구불변한 도에서 파생한 것에 지나지 않으며 소위 이름이라는 것도 마찬가지이다. 즉 그것들은 언어(이름)를 초월한 존재다.

그러기에 이름 없는 상태, 즉 무명(無名)이야말로 천지의 원초적 상황이며 이것에서 이름이 생김으로써 모든 현상이 존재하게 되는 터이므로 이름있는 것, 즉 유명(有名)은 만물의 어머니라고 할 수 있다. (이원섭 해설)

1972년 1월에 간행된 이원섭시인의 노자 도덕경은 81장을 사상적 경향에 따라 분류하였고 각 장마다 역문·원문·해설을 시도하고 간단히 어귀 해석도 첨가하였다.(대양서적간 <중국사상대계> 2권 노자·장자편 참조)

예를 들면 도에 관한 것은 앞에 소개된 '영구불변한 도'를 위시하여 '도(道)의 발생', '도의 형상', '도의 작용과 그 무한성', '도에서 만물로', '도의 만유(萬有)', '도의 초월성 1·2', '도의 영구성', '도의 동(動)과 용(用)' 등 10개의 제목을 붙여서 소개하였다. 덕을 주제로 한 것도 '덕의 발생', '유현(幽

玄)한 덕', '덕의 표현', '덕과 인의(仁義)', '도덕의 후천성' 등의 제목을 붙여 소개하고 있다. 이 외에도 <도덕경>은 사람이 세상을 살아가는 데 도움이 되는 온갖 지혜가 펼쳐져 있다.

물론 이원섭시인이 붙인 소제목들이다. 그 가운데 몇 개의 제목을 소개하면 '만유 이법(理法)과 치자(治者)', '무위(無爲)의 실천', '무(無)의 공용', '감각의 제압', '최상의 정치형태', '위정자의 자연적 정치', '위정자의 태도', '정치의 장구성(長久性)', '무위자화(無爲自化)', '무위정치의 비결', '우민정치', '현실정치의 요령', '유위(有爲)정치의 폐단', '대국과 무위정치', '국가의 정치와 도', '격언', '대국과 그 통치자', '정치가의 자격', '자연의 통제', '백성과 형벌', '세금과 백성', '이상적 정치가', '용병법(用兵法)', '자연의 침묵', '도(道)의 찌꺼기', '행동의 극치', '명예와 재산', '대(大)를 넘어선 여김', '생(生)과 사(死)', '언어와 지식', '직관의 결핍', '노자와 유토피아' 등 전부 82개의 소제목을 붙여 설명하고 있다. 여기서 눈여겨 보면 정치적인 면과 무위(無爲)와의 관계가 많다는 것을 발견학 수 있을 것이다.

이원섭선생은 왕필본(王弼本)을 텍스트로 삼아 매우 꼼꼼하고 성실하게 <도덕경>을 번역하고 설명하였다. 그러나 김용옥교수는 <노자와 21세기> 강좌에서 <도덕경>의 첫 장부터 잘못된 번역의 오류를 지적하였다.

"여기 늘 그러한(常)이라는 말을 많은 노자의 번역자들이 '영원불변의'라는 말로 잘못 번역한다. 첫 장부터 이렇게 <노자>를 잘못 해석하면 노자의 지혜는 마치 영원불변의 이데아적인 그 무엇을 추구하는 서양철학이나 잠정적이고 덧없는 이 세상을 거부하고 천국의 도래를 갈망하는 기독교의 초월주의가 되기가 쉽다. 기독교의 본의가 그런 것이 아니지만 후대의 헬레니즘과의 잘못된 결합으로 결국 서양의 초월주의는 기독교 문명의 상식이 되고 말았다.

그러나 노자는 '항상 그러함'만을 말하지 '불변'을 말하지는 않는다. 동양인들에게는 '불변'이라는 것이 도무지 존재하지 않는 것이다. 동양인들에게 '영원'이란 '변화'의 지속일 뿐이다. 변하지 않는 것은 없다. 단지 변하지 않는 것은 변하지 않는다고 생각하는 우리의 생각이다. 그 생각을 노

자는 여기 '말'이라고 표현한 것이다."(김용옥 <노자와 21세기 · 상> p105참조)

'도를 도라고 말한다'는 것은 시시각각 변하지 않을 수 없는 도를 우리의 생각 속에 집어넣는다는 뜻이다. 그것이 실제의 도일 수 없다는 것이다.

서양인들이 불변의 영원을 추구하였다면 동양인들의 지혜는 변화의 영원을 추구하고 있다는 것이다. 서양인들은 매일 아내에게 '아이 러브 유'를 하여도 동양인들은 하지 않는다. 물론 요즘 세대들은 서구화 경향의 영향을 받아서 변하였겠지만 나의 경우도 30년이 넘는 결혼 생활에 한 번도 아내에게 사랑한다는 말을 해본 적이 없다.

노자의 사상에서 보면 사랑을 사랑이라 말하면 그것은 늘 그러한 사랑이 아닌 것이다. 그것은 '도를 도라고 말하면 그것은 늘 그러한 도가 아니다'고 말한 노자의 지혜와 같은 것이다. 생애도 명확하지 않는 노자는 단순한 올드맨인지 모르겠으나, 노자 <도덕경>은 두고두고 음미해 볼만한 인류의 고전이다.

대성 공자의 「논어」

배우고 때로 익히면 기쁘지 아니한가?

나는 '논어(論語)'를 읽을 때마다 철학자 안병욱 교수를 생각한다. 기독교인이면서 팔순 생애 동안 '논어'를 60번 넘게 읽으셨기 때문이다. 10여 년 전에 내게 하신 말씀이니까 지금은 아마 70번도 넘게 읽으셨을 것이다. 그리고 안병욱 교수는 가족들에게 "내가 죽으면 관 속에 '논어' 한 권만 넣어달라"고 유언을 하시겠다는 것이다. 참으로 대단한 '논어' 애독자이시다. 그러면 노철학자를 평생 동안 사로잡은 '논어'는 어떤 책일까? 앞에서 소개한 노자(老子)의 '도덕경(道德經)'과 더불어 중국 사상의 쌍벽을 이룬 공자(孔子)의 말씀이 담긴 책이다. 유학(儒學)사상을 형성한 세계 4대 성인의 한 분이신 대성 공자의 말씀이 담긴 책이다. 유교의 창시자이신 공자의 중심 사상은 인(仁)이다. 자신의 이기적인 마음을 억제하고 윤리와 사회적 규범을 잘 지키자는 것이다. 한문학이나 유학을 전공한 사람이 아니고서는 공자의 '논어' 읽기가 쉬운 것이 아니다. 다행히 성의 있게 번역한 '논어'가 여러 가지 나와 있어서 '논어'를 읽고 그 의미를 음미하는 데 그렇게 불편함이 없이 이해할 수 있다. 내 책상에는 세 가지의 '논어'가 놓여 있는데, 이원섭 시인의 '논어'(1972년, 대양서적), 장기근 교수의 '논어'(1989년 평범사), 김학주 교수의 '논어'(1995년, 서울대학교출판부)이다. 이 가운데 김학주 교수의 '논어'를 애독하는 것은 가로 조판이기 때문이다.

지금부터 2500여년 전, 중국 노(魯)나라 창평향(昌平鄕) 추읍(지금의 산동성 곡부(曲阜))에서 태어난 공자는 몹시 불우한 존재였다. 공자의 생애를 기록해 둔 '사기(史記)'를 보면 공자 아버지 "숙양흘(叔梁紇)은 안씨의 딸을 얻어서

야합해서 공자를 낳았다."고 솔직하게 적고 있다. 야합이라
는 말은 요즘에도 쓰이지만 밀통해서 공자를 낳았다는 말
이다. 공자 아버지는 본처에게는 딸만 아홉이었으며 첩에
서 낳은 아들은 몹쓸 병을 얻어 앓고 있었기에 추읍서 만난
젊은 여자(안징재)와의 사이에서 얻은 아들이 공자이다. 이
러한 연유로 태어난 공자이기에 후대 유학자들은 공자의
생애에 대해서는 이야기하는 것을 피하였다. 그리고 '논어'
에서는 여자 이야기가 거의 없다. 어머니도 아내도 등장하
지 않는다. 양화(陽貨)편에 "여자와 소인만은 다루기가 어
렵다. 가까이 해주면 불손하고 멀리 하면 원망을 한다." (唯
女子與小人 爲難養也 近之則不孫 遠之則怨)는 한 구절 안
에 여자라는 말이 있는 것이 유일한 단어이다. 그러고 보니
계집녀(女)자가 들어있는 한자 단어는 좋은 의미가 담긴 것
이 드물다. 좋을 호(好)자가 있다지만 이것도 여자가 아들
을 낳아서 좋다는 뜻이기 때문에 여성 편에서 보면 기분이
좋은 의미가 못된다. 아내에 대해서 전혀 언급하지 않았던
공자는 아들에 대해서는 언급하고 있다. 선진(先進)편에 보

면 "안연이 죽자 안로가 공자의 수레를 팔아 덧관을 장만
해 줄 것을 요청하니, 공자께서 말씀하셨다. 재주가 있건 없
건 각기 자기 자식을 위하여 말하게 마련이다. 이(鯉)가 죽
었을 적에도 관만 있었지 덧관은 없었다. 내가 걸어 다니면
서까지 덧관을 장만하지 않았던 것은, 나는 대부들의 뒷자
리에라도 따라다니는 신분이니 걸어 다닐 수는 없었기 때
문이다."(顏淵死, 顏路請子之車以爲之槨。子曰：才不
才，亦各言其子也。鯉也死，有棺而無槨。吾不徒行以
爲之槨。以吾從大夫之後，不可徒行也) 안로는 안회의
아버지이며 부자가 다 공자의 제자이다. 이(鯉)는 공자의
아들인데 일찍 죽었다. 이가 죽었을 때 얼마나 가난했던지
내관은 있었으나 그것을 넣을 외관은 살 수 없었다.

　지금 세상에 남겨진 '논어'는 전10편과 후10편으로 나누어
져 있는데 선진(先進)은 후10편의 첫 페이지로서 공자의 제
자와 현인들의 언행을 이야기한 것이 대부분이다. 전10편은
학이(學而), 위정(爲政), 팔일(八佾), 이인(里仁), 공야장(公
冶長), 옹야(雍也), 술이(述而), 태백(泰伯), 자한(子罕), 향

당(鄕黨) 등 10편이며 후10편은 선진(先進), 안연(顏淵), 자로(子路), 헌문(憲問), 위령공(衛靈公), 계씨(季氏), 양화(陽貨), 미자(微子), 자장(子張), 요왈 등 10편이다. '논어' 20편의 편명(篇名)은 그 편의 첫 구절에서 두세 자 떼어서 붙인 것이다.

즉 제1편 학이(學而)는 학이시습지(學而時習之)에서 떼어 붙였으며, 제2편 위정(爲政)은 위정이덕(爲政以德)에서 떼어다 붙인 이름이다. 제1편인 학이(學而)편은 공자의 학문을 좋아하는 정신과 덕행(德行)의 기본이 담겨 있는 매우 중요시되는 편이다. 전부 16장의 글이 들어 있다. 첫 장인 "배우고 때때로 그것을 익히면 매우 기쁘지 않겠는가?(學而時習之 不亦說乎), 벗이 있어 먼 곳으로부터 찾아 왔다면 매우 즐겁지 않겠는가?(有朋自遠訪來 不亦樂乎), 사람들이 알아주지 않는다 하더라도 성내지 않는다면 매우 군자다운 것이 아니겠는가?(人不知而不溫 不亦君子乎)"는 너무나 유명한 글이기에 어지간한 지식인이면 다 외우고 있을 것이다. 제2편인 위정(爲政)은 옛 사람들의 말대로 배운 뒤에는 정치에 참여한다(學而後 入政)는 뜻이다. 전부 24장의 글이지만 정치와 관계 없는 글도 있다. 학이(學而) 다음에 위정(爲政)을 선택한 뜻을 되새겨 볼만하다.

제3편 팔일(八佾)은 예악(禮樂)편이라고 할 수 있다. 팔일(八佾)은 옛날 종묘(宗廟)에서 쓰던 악무(樂舞)를 말한다. 여덟 사람이 여덟 줄로(64명) 서서 춘 천자(天子)의 의식이다. 제후는 육일(六佾), 대부는 사일(四佾)이어야 한다.

제4편은 이인(里仁)의 26장 글 대개가 인의(仁義)에 관한 것이다. 공자의 사상, 아니 유교의 근간을 여기서 알 수 있다. 공자께서 말씀하시기를 "마을이 인하다는 것은 아름다운 것이다. 스스로 골라 인한 곳에 살지 않는다면 어찌 지혜롭다 하겠는가?"(里仁爲美 擇不處仁 焉得知), 현재에도 두고두고 생각하는 글이다.

제5편인 공야장(公冶長)은 한 제자의 이름을 붙인 것인데 고금의 인물에 대한 평이 많은 편이다. 전부 28장의 글로 되어 있다. 제6편인 옹야(雍也)는 앞의 공야장과 같은 옹이라는 제자 이름을 붙여서 인물평과 덕행의 이야기가 위주

이다.

제7편인 술이(述而)편은 공자의 학문, 덕성, 이상에 관한 말들을 모았다. '논어'의 유명한 구절은 여기에 많이 있다. "도에 뜻을 두고 덕을 지키고 인에 의지하고 예에 노닐어야 한다."(志於道 據於德 依於仁 遊於藝)는 유명한 글도 여기에 있다. 공자는 도가(道家)에서 말하는 도와 다른 도를 이야기하고 있다. 즉 사람의 올바른 도리를 말한 것이다. 도에 따른 사람들의 행위가 덕으로 나타나며 자기보다 남을 먼저 생각하는 덕의 경지가 인(仁)인 것이다. 그리고 예(藝)는 인류 문화를 유지 발전시키는 수단인 것이다. 참으로 공자의 학문하는 태도를 알 수 있는 글이다.

제8편 태백(泰佰)은 인효(仁孝)같은 덕행과 군자의 품격에 관한 글이 많으며, 제9편인 자한(子寒)은 공자의 덕행에 관한 글을 모았다. 제10편인 향당(鄕黨)은 공자의 일상생활과 기거동작의 모습을 담고 있다.

후 10편의 소개를 다 못하는 것이 유감이다. '논어'는 세계 4대 성인의 한 분인 공자의 어록을 모은 고전 중의 고전이다.

괴테의 「젊은 베르테르의 슬픔」

죽음도 뛰어넘는 사랑의 힘

"내 사랑 로테, 저는 이 세상을 떠나기로 했습니다. 오랜 갈등과 번민 속에서 방황하다가 마침내 인생을 작별하기로 결심하였습니다."

마지막 이 글을 쓰는 심정은 제 자신이 생각해도 참으로 싸늘하기만 합니다. 인생의 마지막 날 아침이 되어 버릴 이 순간, 저는 벌써 차디찬 시체가 되어 누워 있을 제 모습을 머리에 그려보고 있습니다. 한 여인을 죽도록 사랑하다가 비참하게 떠나버린 슬픈 사내의 모습을 지극히 담담한 마음으로 떠올리고 있습니다.…"

이 편지는 독일의 대 문호 괴테(1749~1832)가 25세 때 쓴 <젊은 베르테르의 슬픔> 끝 부분에 나오는, 베르테르가 로테에게 보낸 편지의 한 구절이다. 얼마 전 우리나라의 전직 국방장관이 로비스트인 한 미모의 여성에게 보낸 편지가 화제 거리로 등장한 적이 있었다. '몸 로비 사건' 이니 '부적절한 관계'이니 하는 등 호사가들의 입에 오르내렸었다.

그러나 남녀간의 사랑이라는 것은 당사자 외는 아무도 그 진실을 밝힐 수 있는 것이 아니다. 그리고 부적절한 사랑의 관계라는 것은 성립될 수 없는 것이다. 제3자가 보면 유치하게 보이는 것이 사랑이라고 할 수 있다. <젊은 베르테르의 슬픔>을 쓴 괴테는 타고난 바람둥이였지만 아무도 괴테의 애정 편력을 두고 부적절한 관계로 비판하지 않았다. 이 <젊은 베르테르의 슬픔>도 괴테의 두 번째 사랑의 창조적 산물이다. 첫 번째 사랑도 그렇지만 두 번째 사랑도 문학으로 승화시켰던 것이다. 그리고 이 <젊은 베르테르의 슬픔>으로 인해 독일뿐만 아니라 세계적인 작가로 명성을 날렸다. 친구에게 보내는 편지 형식의 이 서간체 소설은 스물다섯 살 때 불과 한 달 만에 완성한 것이다. 참으로 열정적으로 썼다.

<젊은 베르테르의 슬픔>은 제1부와 제2부로 나누어 날짜를 밝히고 쓴 편지글 소설이다. 제1부는 1771년 5월 4일부터 시작하여 같은 해 9월 10일까지이며, 제2부는 1771년 10월 20일부터 1772년 12월 20일까지의 사건을 시종 베르테르가 빌헬름이라는 친구에게 보내는 편지로 썼다. 괴테는 1772년 베츨러에 가서 고등법원의 견습원이 되었는데 이곳에서 친구 케스트네르의 약혼자 샤를 로테 브흐를 알게 되어 비극적인 사랑에 빠지게 된 것이다. 괴테는 단호한 결심으로 베츨러를 떠나 프랑크푸르트로 돌아오게 되었다. 그리고는 샤를 로테 부흐에게 쉼없이 편지를 썼던 것이다. 베츨러에서 4개월 동안의 생활을 회상하면서 편지를 쓰는 동안 괴테는 자살까지 생각하게 되었다.

그러던 중에 베츨러에서 알게 된 한 친구의 자살 소식을 듣고 큰 충격을 받게 되었다. 신학자인 예루살렘이라는 친구가 한 친구 부인을 사랑한 것이 비극을 낳게 된 것이다.

예루살렘의 죽음이 <젊은 베르테르의 슬픔>을 쓰게 된 동기가 된 것이다. 이와 같이 괴테는 자신의 체험을 바탕으로 자기가 겪은 것이 아니고는 작품을 쓰지 않았다. 이러한 창작 태도는 영국의 셰익스피어와는 정반대였다. 셰익스피어는 이미 있었던 옛 전설을 바탕으로 재창조한 방법을 사용하였다. 괴테는 마치 바람둥이처럼 수 많은 여인들과 염문을 뿌렸지만 이 여인들이 괴테 문학의 원천이 되었던 것이다.

　사람은 누구나 사랑을 하게 된다. 자신의 모든 것을 바치고 싶은 사랑을 하고자 하는 사람이 많다. 그러나 괴테처럼 자신이 겪은 사랑을 세계의 많은 독자들에게 감동을 준 작품으로 창작한 작가는 드물다. 인생의 황혼기에 접어든 나이에 다시 읽어도 감동이 오고 젊음을 되찾을 수 있다. 베르테르, 아니 괴테가 <젊은 베르테르의 슬픔>에서 쓴 장문의 편지는 어느 부분을 읽어도 쉽게 빨려들어 간다. 그리하여 나 자신이 어느새 베르테르가 되었다가 로테가 되는 등 작중 주인공이 되어 있는 것이다. 2백여 년 전의 독일의 독자들도 나와 같았던 모양이다. 그 당시 사랑의 실패로 자살한 독일 젊은이들의 곁에는 반드시 이 '젊은 베르테르의 슬픔'이 펼쳐져 있었던 것이다. 베르테르의 모방열이 심하여 베르테르의 복장인 푸른 연미복과 노랑 바지를 입는 것이 유행이었고 심지어 베르테르의 화술이 널리 사용되었다고 한다. 하기야 부정적인 면도 있었다. 그 당시 젊은이들은 베르테르와 로테 형의 사랑을 원하여 이혼이 늘었고 자살이 많았던 것을 비난하는 사람도 많았다. 괴테는 <젊은 베르테르의 슬픔>을 쓸 때 이러한 부정적인 파문을 염두에 두고 쓴 것이 아니었다. 오직 자신의 정신적 고민을 자유로운 창작에 의지하여 문학 작품으로 승화시킨 것 뿐이다.

나는 이 <젊은 베르테르의 슬픔>을 편지로 쓴 감동적인 시(詩)라고 평가하고 싶다. 어느 심리학자도 감히 이렇게 섬세한 사랑의 심리 해부는 못할 것이다. 과연 독일 근대소설의 문을 연 소설이라고 할 만하다. 괴테의 대표작은 훗날 <파우스트>에 돌려야 하지만 그릐 천재성은 이 <젊은 베르테르의 슬픔>에서 이미 나타낸 것이다. 로테를 사랑하는 두 남자, 즉 베르테르와 알베르트의 성격 묘사도 극명하게 대조적이다. 베르테르는 감성적이어서 다정다감하고 알베르트는 이성적이어서 사려 깊다. 자살에 대해서 두 사람이 언쟁하는 태도를 보면 이를 증명할 수 있다. 알베르트는 자살은 약자의 행동에 지나지 않는다고 하는 반면에 베르테르는 인간 본성의 한계를 넘어서면 자살할 수 있다고 하였다. 독자의 입장에서는 베르테르의 행위가 옳다고만 할 수 없을 것이다. 각자가 판단할 문제이다. 어쩌면 문학의 위대성은 이러한 문제점을 독자에게 제시하는 데 있는 것이 아닌가 한다. 단순한 연애소설의 범주에서만 이 작품을 보아서는 안 될 것이다. 결국 베르테르는 자신의 죽음을 선택함으로써 로테를 향한 현실적인 사랑을 완성시켰다고 보아야 할 것이다. 베르테르의 편지를 더 읽어보자.

"오오, 그리운 로테여! 죽음이 임박했습니다. 저의 영혼은 이미 육체를 떠나 관 뚜껑 주위를 서성입니다. 제 가슴에 달린 리본을 꼭 함께 묻어주시기 바랍니다. 이 리본은 맨 처음 당신의 가슴 위를 장식했지요. 그러던 것을 당신이 저의 생일날 주시지 않았던가요. 그때 저는 온 세상을 다 얻은 것처럼 기뻤답니다. 로테, 로테여! 당신 아이들에게 수천만 번 키스를 보냅니다. 당신 만큼 소중했던 나의 천사들! 그 아이들에게 슬프디 슬픈 한 영혼의 죽음을 이야기해 주십시오. 사랑하고 또 사랑하는 로테여! 총알은 이미 재어져 있습니다. 12시를 알리는 시계 소리가 들려옵니다. 이제 방아쇠를 당겨야 하는 시간입니다.

안녕, 안녕, 부디 안녕 로테여! 이 세상으로부터 저 세상에 이르기까지 영원할 나의 사랑아! <젊은 베르테르의 슬픔>에서 괴테의 연애관을 지금도 배울 수 있을 것이다.

톨스토이의 「안나 카레리나」

차가운 대지(大地)위에 펼쳐진 뜨거운 사랑 이야기

1992년 2월 중순 어느 날, 나는 아내와 함께 모스크바에서 생트페테르스브르크로 가는 야간 열차 '붉은 화살'호에 몸을 싣고 있었다. 열차의 창 밖에는 언제부터 내렸는지 잘 모르겠으나 흰 눈이 계속 내리고 있었다. 우리나라의 서울보다 한 배 반이나 넓다는 모스크바는 도착했을 때부터 흰 눈 속에 파묻혀 있었다.

우리는 그 눈 속의 도시를 밤늦게 떠난 열차 안에서 그날 낮에 가 보았던 톨스토이의 집 이야기와 <안나 카레리나>의 여주인공 안나가 열차에 뛰어들어 자살한 이야기를 나누었다. 안나는 모스크바에서 생트페테르스브르크에 가는 열차에 뛰어들어 자살하였던 것이다. 1873년 어느 날 신문 사회면에 보도된 한 고관부인의 자살사건을 모티브로 톨스토이는 거대한 장편소설 <안나 카레리나>를 탄생시킨 것이다.

이미 <전쟁과 평화>로 소설가로서의 명성을 떨쳤던 톨스토이(1828~1910)는 이 <안나 카레리나>로 인해 도스도예프스키와 함께 러시아가 낳은 대문호의 반열에 입성한 것이다.

도스도예프스키가 극찬한 이 <안나 카레리나>는 세 가족의 연대기로 볼 수 있는 가정소설이면서 사회소설이다. 여주인공 안나가 중심인 <안나 카레리나>는 소설의 소재면에서 보면 지극히 평범하고 진부하다. 고관대작의 부인 안나가 남편과 자식을 두고 젊고 매력적인 남자와 사랑에 빠져 간통을 저지른다는 지극히 통속적인 내용의 소설이다.

재미있는 것은 우리나라의 연애소설은 한 남자가 두 여자 사이에서 갈등을 느끼며 사랑하는 것이 특징인데 반해 서구의 연애소설은 한 여자가 두 남자 사이에서 갈등을 느끼며 사랑하는 것이 특징이다. 서양의 3대 연애소설이라고 일컫고 있는 플로베르의 <보바리 부인>, H. D. 로렌스의 <차타레이 부인> 그리고 톨스토이의 <안나 카레리나>가 다 그렇다. 아예 소설의 제목부터 여주인공 이름을 붙였다. 이 세 편 가운데서 <안나 카레리나>는 세계 문학사상 가장 위대한 연애소설이라고 할 수 있을 것이다.

그리고 안나는 세계문학에서 가장 아름답고 매력적인 여주인공이 되었다. 어린 나이에 숙모의 중매로 화려한 경력을 가진 관리 카레닌과 결혼한 안나는 아들 세료샤를 낳아 행복한 나날을 보내었다. 비록 스무 살이나 연상인 남편이었지만 존경하였고 페테르스브르크의 사교계에서도 활기찬 교제로 만족한 일상생활을 하였다. 더구나 안나의 성격이 타고난 낙천적인 기질이어서 모든 생활이 즐거움에 가득 찼었다. 적어도 브론스키를 만나기 전까지 그랬었다. 그러나 여성의 운명은 알 수 없는 것이다.

어느 날 모스크바 여행길에 만난 브론스키에게 안나는 격렬한 사랑을 느낀다. 안나는 브론스키를 사랑한 후에는 모든 것이 송두리째 뒤바뀌어 버렸고 모두가 잘못된 것으로 보였다. 심지어 존경하던 남편까지 볼품없이 보였다. 브론스키를 만나기 전까지 남편 카레닌을 한 번도 비판적인 눈으로 본 적이 없었는데 남편이 한 사물로만 보이게 된 것이다. 브론스키의 등장은 안나의 모든 것을 변하게 하였다.

안나는 <보바리 부인>의 보바리와는 다르다. 보바리는 정부의 침실로 몰래 들어가는 타락한 여인상이지만 안나는 속임수나 비밀이 없다. 사랑하는 어린 아들을 남편에게 맡기고 브론스키와 처음에는 이탈리아에서, 다음에는 중앙아시아에 있는 브론스키의 영지에서 공공연한 정사를 한다. 안나의 모든 생활이 브론스키에게로 옮겨가 버렸다. 물론 사교계에서는 부도덕한 여인으로 지탄의 대상이 되었다.

안나는 사교계의 분노와 노여움을 사서 냉대와 버림받는 신세가 된 데 반하여 브론스키는 남자이기에 오히려 여러 곳에서 초대받는 신세가 된다. 이것이 1860년대 러시아의 사회상의 한 단면이기도 하다. 세속적인 정신의 소유자인 브론스키는 안나에게 자주 화를 내게 되고 안나는 브론스키와의 사랑이 점점 멀어지는 것을 느끼게 된다. 결국은 남녀간의 부도덕한 사랑은 여자만의 희생을 강요하게 된다. 절망 상태에 빠진 안나는 5월의 어느 일요일 밤 열차에 몸을 던져 스스로의 생을 마감하였다.

톨스토이는 안나를 자살시켜 놓고 일 주일을 울었다는 일화가 있다. 아무리 작중 인물이지만 인도주의자인 톨스토이는 안나의 자살을 안타깝게 여겼던 것이다. 이 <안나 카레리나>는 톨스토이의 3대 장편소설 가운데서 문학적인 완성도가 가장 높은 소설이며, 톨스토이즘을 형성시킨 작품이다.

안나의 죽음은 브론스키로 하여금 큰 상처를 입혔지만 그때 마침 터키와의 전쟁(1867년)이 시작되어 브론스키는 의용군 부대를 이끌고 전선으로 향해 떠났다. 브론스키는 늠름한 기사답게 행동한 근위장교 출신이었다. 안나의 남편 알렉세이 알렉산드로비치 카레닌은 고고한 성격의 훌륭한 남자로 톨스토이는 묘사하였지만 아내의 부정한 사건으로 말미암아 비통하고 우스꽝스러운 주인공이 되어 버렸다. 그래서 톨스토이는 자신의 대변자 격인 한 인물을 별도로 등장시켰다. 콘스탄틴 레빈이라는 안나와 아무런 관계가 없는 남자 주인공을 등장시켜 톨스토이 자신의 자화상을 설정하였다. 톨스토이의 작가로서의 위대성을 이러한 이중 구도에서 찾을 수 있다.

다시 말하면 톨스토이는 대비법을 사용하여 이 작품의 다양성을 독자에게 보여준 것이다. 브론스키와 안나의 구제 받을 수 없는 불행한 사랑에 레빈과 그의 아내 키치의 행복한 사랑을 대비시켰다. 안나와 브론스키의 열정적이고 고뇌에 찬 사랑이 진행되는 것과 동시에 레빈과 키치의 축복 받는 사랑으로 결혼에 이르는 과정을 설정한 것이다. 이러한 이질적인 사랑의 흐름은 오블론스키 부부에 의해서 서로 관련지어지면서 하나의 통일된 작품 세계를 형성하였다.

톨스토이는 모스크바와 페테르스부르크, 그리고 러시아의 농촌과 외국으로까지 작품의 무대를 넓혔다. 톨스토이는 4년간에 걸쳐 이 <안나 카레리나>를 완성시켰고 몇 년 후 고향 야스나야 폴랴나에서 모스크바로 이주, 모스크바

의 집에서 그 유명한 <부활>을 1899년에 썼던 것이다. 이 <
부활> 한 편만으로도 문호라고 평가해야 할 것이다. 나는
모스크바에 있는 톨스토이의 집을 네 차례나 방문하였다.
목조 건물인 2층 집의 톨스토이 집은 톨스토이 박물관으로
운영되고 있다.

  지난 5월 23일 방문하였을 때는 수리중이었다. 이 톨스토
이 박물관에는 톨스토이가 사용했던 책상과 의자, 침대는
물론 우산과 장화까지 다 그대로 있다. 그러나 대문호 톨스
토이가 태어난 야스나야폴랴나의 대저택에는 아직 못 가보
았다. 톨스토이는 백만 평이 넘는 땅에 수백 명의 농노(머
슴)를 거느리고 괴롭게 고민하면서 살았던 것이다. 1910년
톨스토이가 타계할 때까지 노벨문학상이 어째서 그를 외면
하였는지 참으로 궁금하다.

무엇이 인간을 구원하는가

"대인(大人) 톨스토이와 도스토예프스키의 웅대한 모습
이 더욱 커져 가는 것을 느낄 수 있다. 아직 절반 가량 가리
워 보이지 않는 신비한 산봉우리가 바로 도스토예프스키이
다."

프랑스의 노벨문학상 수상 작가인 앙드레 지드의 이 말
처럼 도스토예프스키를 공부하지 않으면 안 된다. 다시 말
하면, 도스토예프스키의 <죄와 벌>, <카라마조프의 형제>
등은 소설을 공부하는 문학도들의 바이블이라고 할 수 있다.

문학평론가 조연현씨는 자신의 마지막 문학 탐구는 도스

토예프스키라고 생존시 몇 번이나 말했다. 확실히 도스토예프스키는 문학의 세계적 거장이며, 매력적인 작가이다. 1821년 모스크바에서 의사의 아들로 태어난 그는 16세 때 아버지의 뜻을 따라 상트페테르부르크의 공병사관학교에 입학했는데, 그 후부터 죽을 때까지 상트페테르부르크는 그의 문학과 정신의 산실이었다.

나는 지난 해 6월, 소설을 연구하는 이강언 교수(대구대)와 함께 상트페테르부르크에 있는 도스토예프스키의 집을 방문하였다. 도스토예프스키의 집은 어렵게 찾았으나 무덤은 찾지 못하였는데, 올해 5월 다시 갈 기회가 있어서 도스토예프스키의 무덤에 참배하였다. 도스토예프스키의 무덤은 음악가 차이코프스키의 무덤 등과 함께 알렉산드르 네프스키 수도원 안에 있었다. 긴 수염이 달린 도스토예프스키의 심각한 표정의 동상 앞에 서서 나는 파노라마처럼 그의 일생을 펼쳐 보았다. 소년 시절에 어머니를 폐병으로 잃은 도스토예프스키는 대학 2학년 때 아버지마저 잃었다. 아버지는 교묘한 방법으로 살해당하였다고 한다.

그보다도 도스토예프스키의 20대는 너무나 기구하고 기막힌다. 적성에도 맞지 않는 공병 소위는 공상적인 사회주의자로 변신하였다. <가난한 사람들>과 <백야> 등으로 이미 문단에서 주목받았던 그는 문학을 멀리하고 한 혁명 서클에 들어갔다. 그리고 같은 서클 회원과 같이 체포되어 사형선고를 받았다. 프랑스혁명에 놀란 러시아 정부가 강경책을 쓴 것이다. 그러나 총살 직전에 황제의 특사로 감형되어 시베리아의 유형지로 가서 4년 동안 옥살이를 하였다. 옴스크의 교도소에서 풀려난 도스토예프스키는 장교에서 졸병으로 강등되어 5년간의 군대생활을 하였다. 이러한 20대의 파란만장한 생활은 도스토예프스키 문학의 무궁무진한 세계관을 형성하게 하였다.

슬라브적인 신비주의자로 변신한 그는 많은 창작활동을 하였다. 결혼도 두 번이나 하였다. 첫 번째 아내 마리야는 미망인이었는데 36세의 도스토예프스키와 재혼, 7년만에 병으로 죽었다. 그리고 형 미하일도 같은해 죽었다. 그 형의 가족까지 돌보아야 하는 처지에서 탄생한 <죄와 벌>은 허무와 불운을 딛고 쓰여진 것이다. 이때에 그를 더욱 괴롭힌 것은 빚과 간질병이었다. 그러나 도스토예프스키는 인생의 세 가지 낙은 사랑과 도박과 간질병이라고 역설적으로 주장하였다. 도스토예프스키는 도박으로 진 빚 때문에 소설을 썼던 적이 있고 간질병의 발작이 있을 때는 아내의 접근도 막았다고 한다.

다행히 <죄와 벌>을 출간한 해인 1867년에 안나 그리고 리예브나와 결혼하여 가정적 안정을 찾았다. 안나는 빚쟁이가 피하게 했을 정도로 현명한 여성이었다. 흔히 톨스토이의 아내는 악처이고, 도스토예프스키의 아내는 양처라고 알려져 있는데 이 안나를 두고 하는 말이다.

<죄와 벌>은 소설 줄거리만 보면 너무 단순하다. 남자 주인공 라스콜리니코프는 법과대학을 중퇴한 가난한 청년이다. 상트 페테르부르크의 좁고 어두운 하숙방에 누워 지내는 일종의 편집광증 환자이다. 그러나 그는 사고력은 왕성하여 어떤 계획 하나를 줄기차게 생각하고 있다. 초조감과 불안을 느끼면서도 어떤 늙어빠진 전당포의 노파를 살해할

계획을 갖고 있던 그는 소심한 성격으로 인해 실천에 옮기지는 못하고 공상만 계속하고 있다. 그러던 중 우연히 술집에서 자신의 생각과 같은 사람을 발견하고는 노파를 살해하게 된다. 그러나 공교롭게도 노파의 살해 현장에 나타난 노파의 선량한 동생까지 얼떨결에 죽이게 되었다.

두 사람을 살해하게 된 라스콜리니코프는 심한 정신적 혼란과 불안에 빠져서 악몽을 되풀이한다. 언제 체포될지 모른다는 불안감에 훔친 돈에는 손도 대지 않는다. 심지어 악몽에 시달리다 까무러치기까지 하였다. 한편 이러한 라스콜리니코프의 수상한 행동은 경찰의 의혹을 사게 되고 혐의가 씌어지지만 아무런 증거가 없다. 라스콜리니코프는 일반적인 도덕률과 법률에 따라서 살아가는 범인(凡人)과는 달리 자신은 그러한 사회계약을 초월할 수 있는 권리가 있다고 믿고 있었지만 때때로 미칠 지경에 이른다.

하루는 술집에서 우연히 만난 주정뱅이 퇴직 관리 마르메라도프의 죽음을 계기로 그의 맏딸 소냐를 알게 된다. 소냐는 가족을 위해 창녀가 되었지만 그녀의 정신은 맑고 아름다웠다. 더구나 하느님을 광신적으로 믿는 처녀였다. 라스콜리니코프와 소냐의 만남은 <죄와 벌>의 사건을 새로운 방향으로 전개시킨다. 무신론자이며 허무주의자인 살인자 라스콜리니코프와 광신도인 창녀 소냐의 정신적 교섭은 이 소설의 큰 전향점이 된다. 라스콜리니코프는 소냐의 권고 대로 자신이 더럽힌 대지에 입 맞추고 경찰서로 찾아가 범행 일체를 자백하고, 그 결과 8년간의 시베리아 유형생활을 시작하게 된다. 나약하지만 순진한 소냐는 하느님의 사랑으로 라스콜리니코프를 갱생시키기 위해 같이 따라 나선다.

이 소설의 에필로그는 라스콜리니코프가 시베리아의 유형지에서 소냐의 숭고한 사랑에 감동되어 성경책도 받고 그녀의 신념이 그 자신의 신념이라고 확신하고 행복에 잠기니 아직도 7년의 감옥생활이 남았지만, 7일로 여기게 되었다.

도스토예프스키가, <죄와 벌>을 통해서 추구하려고 했던 것은 인간의 기독교적 구원에 관한 것이라고 하겠다. 그가 일생을 두고 추구한 인간과 신의 문제, 즉 지상에서의 죄와 내세에서의 벌에 관한 문제인 것이다. 작자 자신이 말했듯이 행복은 고통을 통해서만 얻어지는 것이며 누릴 권리가 주어지는 법이다. '늙의 리얼리즘'이라고 불리는 <죄와 벌>은 인류가 삶과 죽음의 문제로 고민하는 한 영원한 명작으로 읽힐 것이다.

그대에게 내미는 따뜻한 손

나의 고등학생 시절, 하루는 대구 중앙통의 골목 서점을 지나가다가 <투르게네프 산문시집>을 발견하였다. 나는 그 자리에 선 채로 그 투르게네프의 산문시들을 읽어 나가다가 큰 충격을 받았다. 사랑, 참새, 거지 등등. 그의 산문시는 위대한 인간이 아니고서는 도저히 나올 수 없는 창작품이었다. 나중에 안 사실이지만 투르게네프는 산문시로써 문단에 데뷔하였고 만년에 쓴 이 산문시들은 러시아와 러시아어를 빛낸 걸작들이었던 것이다. 지금도 내가 애송하고 있는 '거지'라는 산문시를 보자.

거리를 걷노라니 왠 늙다리 거지가 소매를 채며 동냥을 달랜다. 시뻘겋게 충혈이 되고 눈꼽이 낀 두 눈, 시퍼런 입술, 누덕누덕 헤어진 옷, 상채기가 푸릇푸릇 난 살…. 아아, 빈궁이 어떻게나 이 불쌍스러운 인생을 삼겨버렸는고! 그는 뻘겋게 부르튼 더러운 손을 내게로 내밀고서 탄식탄식 무어라 중얼거리며 동냥을 청한다. 나는 호주머니를 뒤져보았다. 그러나 돈 지갑도, 시계도, 심지어는 손수건조차 없어, 가진 것이란 아무 것도 없었다. 그러나 거지는 여전히 기다린다. 내민 손을 맥없이 부들부들 떨면서, 어쩌면 좋을지 하도 딱해서 나는 부들부들 떠는 그 더러운 손을 꽉 붙잡으며 "여보게, 미안하이. 가진 것이란 아무 아무것도 없네 그려. 참말 미안하이." 그는 시뻘겋게 충혈된 눈으로 나를 쳐다 보면서, 시퍼런 입술에다 웃음을 띠우고 차디찬 내 손을 꽉 되잡으며, "천만에요. 영감마님, 고맙습니다. 이것도 적선(積善)이십니다. 영감마님." 나도 그에게서 분명히 적선을 받은 줄 안다.

-'거지'전문

내가 고등학생 시절이었던 1950년대는 6.25전쟁을 겪어서인지 거지가 많았다. 그러나 거지가 동냥을 청할 때 외면하면 그만이지 투르게네프처럼 미안하이 하면서 거지 손을 꽉 잡아주는 사람은 한 사람도 없었을 것이다. 어찌 보면 쉬운 일 같지만 거지의 더러운 손을 잡아준다는 것은 위대한 인간성의 소유자가 아니고서는 행동할 수 없는 일이다. 나와 투르게네프의 만남은 이 '거지'라는 산문시를 통해서 시작된 것이다. 그 후 대학에 들어가서는 투르게네프의 소설 <첫사랑>과 <아버지와 아들>을 읽게 되었다. 투르게네프(1818~1883)는 톨스토이, 도스토예프스키와 더불어 19세기 러시아가 낳은 3대작가라고 평가받고 있다. 투르게네프가 앞의 두 거장과 다른 점은 러시아에서 가장 서구적인 작가라는 것이다.

사실 투르게네프는 모국인 러시아에서 보다 독일, 프랑스, 이탈리아 등 서구에서의 생활이 주류를 이루었다. 1883년 65세로 일생을 마감할 때도 프랑스 파리에 있었다. 물론 그의 유해는 그의 유언대로 페테르스부르크의 보르코보 묘지에 안장되었다. 투르게네프는 러시아의 귀족 지주의 관습대로 외국인 가정교사로부터 영어, 독일어, 프랑스어, 라틴어 등을 어릴 때 배웠다. 그리고 대학도 1833년 모스크바대학 문학부에 입학하였으나 이듬해 페테르스부르크대학 철학부 언어학과로 옮겨서 졸업하였다. 불과 열아홉 살 때였다.

그는 헤겔 철학에 심취하여 스무 살 때 베를린대학으로 유학가서 철학과 고대어, 역사 등을 공부하였다. 그는 러시아 문학을 최초로 프랑스어로 번역, 서구에 소개한 학자라고도 할 수 있다. 실제로 투르게네프는 페테르스부르크대학에서 철학박사 학위를 받았을 때 모교의 교수가 될 수 있었으나 그는 소설가의 길을 스스로 선택하였다. 스물네 살 때의 일이다. 그러나 그는 나중에 옥스퍼드대학에서 명예법학박사 학위를 받았고 셰익스피어, 바이런 등의 영국의 시인과 하이네 시를 번역하는 등 학구적인 정열이 대단한 학자였다.

사실 오늘날도 마찬가지이지만 소설가는 학구적인 바탕

이 없이는 역사적인 문제 작품을 창작할 수가 없다. 그는 1880년 생존시에 전 10권의 전집을 발간하였으나 사후(死後)에 나온 러시아판 <투르게네프 전집>은 전 28권이라고 한다. 그 가운데 서간문이 13권이나 된다고 하니 그의 문학적 열정을 짐작할 수 있을 것이다. 이 서간문만 연구해도 19세기 러시아의 시대상을 파악할 수 있을 것이다. 그러나 그의 많은 작품(소설) 가운데서 대표작은 역시 <첫사랑>과 <아버지와 아들>일 것이다. <첫사랑>은 1860년 47세 때 발표한 중편소설이며, <아버지와 아들>은 1862년 2월 '러시아 통보'지에 연재하기 시작한 투르게네프의 최대 걸작 장편소설이다.

세계의 많은 유명한 작가들이 첫사랑을 제재로 작품을 썼으나 지금도 수십 개 언어로 번역되어 전세계적인 독자를 확보하고 있는 주옥같은 중편소설이 투르게네프의 <첫사랑>이다.

<아버지와 아들>은 바자로프라는 니힐리스트 의사를 주인공으로 등장시켜 일체의 권위를 인정하지 않는 새로운

패턴의 소설을 제시한 것이다. 이 소설이 발표되자 러시아 문단뿐만 아니라 일반 사회에까지 많은 논쟁을 불러 일으켰다. 구세대들은 구세대를 우롱하였다고 비난하였고, 신세대들은 바자로프는 풍자적인 인물이며 젊은 세대들의 자유와 이상을 배반하였다고 비난하였다. 신세대를 대표하는 바자로프에게 젊은이들 입장에서 보면 실망스러운 요소가 많았던 것이다. 이렇게 되자 투르게네프 자신이 이 소설의 주인공 바자로프는 긍정적인 인간상으로 묘사하였다고 해명하기까지 하였다.

투르게네프는 영국에 체류하고 있을 때 한 젊은 시골 의사를 보고 깨달은 바가 있어 <아버지와 아들>의 아들 세대로 등장시켰던 것이다. <아버지와 아들>은 제목 그대로 아버지의 구세대와 아들의 신세대 간의 갈등과 대결을 주제로 삼고 있다. 그때까지 러시아 사회를 지배하고 있던 귀족 문화에 대립하는 민주적 시민문화를 대립시켰던 것이다. 어떠한 권위도 인정하지 않는 젊은 의사 바자로프에 도전 받게 된 구세대 주인공은 바자로프의 친구 아르카지의 아버지 니콜라이 페트로비치와 백부 파벨 페트로비치이다. 이들은 변화하는 시대의 흐름에 밀려날 수밖에 없었다. 그리고 바자로프의 가장 친한 친구 아르카지 또한 그 시대 신세대를 대변하는 또다른 유형의 인물이다. 바자로프는 한 미망인을 사랑하였다가 스스로 포기하고 시골에 내려가서 의료에 종사하다가 병으로 죽고만다. 니힐리스트 바자로프의 죽음은 그 당시 러시아 사회의 상징물이기도 하다.

이 <아버지와 아들>은 투르게네프 소설의 특성을 전부 드러낸 걸작이다. 미에 대한 섬세한 감각과 사실적인 묘사, 우아한 표현은 이 작품이 창작된 지 140년의 세월이 흘러도 여전한 문학적 생명력을 발휘하고 있는 것이다.

자유정신 담긴 리얼리즘 소설의 원조

(또는 삶이 그대를 속일지라도)

러시아가 낳은 국민시인(작가) 알렉산드르 세르게예비치 푸슈킨(A. S. Pushkin. 1799~1873년)은 불과 38년의 짧은 생애를 살다 갔지만 오늘날까지 가장 많은 찬사를 러시아 사람들로부터 받고 있다. '가장 위대한 러시아의 국민작가', '러시아 문학의 아버지', '국민문학의 아버지' 등의 찬사가 러시아에서는 끊임없이 불려지고 있다. 푸슈킨이 태어난 모스크바를 비롯하여 러시아 곳곳에 푸슈킨을 기리는 기념물이 있다. 세계의 작가 가운데 가장 많은 기념물이 있다고 한다.

나는 지난 해에 이어 올해도 모스크바에 있는 푸슈킨 기념관에 가 보았는데 참으로 엄청나게 화려한 기념관이다. 푸슈킨 탄생 200주년을 기념해서 세운 이 푸슈킨 기념관은 우리나라와 마찬가지로 IMF 체제 하에서 세워졌다고 한다. 캉드쉬 IMF 총재가 러시아에 와서 문화적인 것은 경제가 회복되고 난 후에 건설하기를 요청하였으나 러시아 정부는 '웃기지 마라' 식이었다고 한다. 문화와 예술 분야를 모든 정부 정책의 최우선으로 삼는 러시아에서는 캉드쉬의 말이 통할 리가 없다. 누구나 한번 가보면 상상을 초월하는 이 푸슈킨 기념관은 러시아 사람들이 푸슈킨에 보내는 애정을 가늠할 수 있는 건축물이다.

모스크바의 중심거리인 알바트에 있는 푸슈킨의 동상은 그가 신혼시절 3주일 보낸 집 앞에 세웠다. 푸슈킨시도 있고, 푸슈킨거리, 푸슈킨 동상은 곳곳에 있다. 참으로 예술을 사랑하는 국민이 아니고서는 할 수 없는 일들이다. 푸슈킨은 영국의 세익스피어, 독일의 괴테와 같은 존재라고 생각하면 가장 이해하기 쉬울 것이다. 그런데 재미있는 것은 우

리나라 국어 교과서에 있는 푸슈킨의 시라고 알고 있는 「삶
이 그대를 속일지라도」는 푸슈킨의 시가 아니라는 것이다.
러시아판 『푸슈킨 전집』 어느 곳에도 찾을 수 없고, 있지도
않다는 것이다. 참으로 이상한 일이다. 분명히 일본어 판에
서 베꼈을 것인데 일본 출판사의 잘못인가?

그러나 우리는 이 시를 푸슈킨의 대표작으로 알고 있기
때문에 다시 읊어 보자.

삶이 그대를 속일지라도 슬퍼하거나 노하지 말라.
슬픈 날은 끝까지 참고 견뎌라.
그러면 즐거운 날은 오고야 말리니.

마음은 미래를 바라지만
현재는 한없이 우울한 것.
모든 것 하염없이 사라지리니. 지나가 버린 것은
그리움으로 남게 되리니.

우리는 이 시를 읽고 얼마나 새로운 힘과 용기를 얻었던가. 인도의 시인 타골의 「동방의 횃불」보다 더 우리에게 알려진 시가 아닌가. 이 같이 인생을 느끼게 하는 시가 흔한 것이 아니다. 그러나 모스크바에서 푸슈킨을 연구하는 어떤 학생은 이 정도 시는 푸슈킨의 작품에 들어가지도 않는다고 하였다. 유행가 밖에 안 된다는 것이다. 그래서 『푸슈킨 전집』에서 빠졌을 것이라고 하였다. 어느 평가가 맞는지 잘 알 길이 없으나 푸슈킨의 시이기 때문에 교과서에까지 등장한 것이 아니겠는가 하는 생각이 든다.

어쨌든 푸슈킨은 러시아에서 리얼리즘 문학의 확립자이며 최초의 소설가이다. 그리고 『대위의 딸』은 그의 대표적인 장편소설이며 명작이다. 그가 생전에 유일하게 출판까지 한 소설이 『대위의 딸』이다.

푸슈킨은 38년의 짧은 생애를 결투로 마감한 작가이다. 자신의 아내 나탈리아를 탐하는 근위사관 단테스와 결투 끝에 복부에 치명상을 입고 절명한 것이다. 1837년 1월 27일 오후 4시 30분, 매섭게 추운 겨울에 있었던 일이다. 그러니까 푸슈킨은 많은 시와 소설, 희곡을 썼지만 살아 생전에 출판의 빛을 보지 못하였다. 이 『대위의 딸』은 그가 죽기 1년 전에 완성한 것이다.

이 『대위의 딸』을 읽어 보면 푸슈킨을 러시아 사람들이 왜 그토록 흠모하고 존경하고 사랑하는가를 알 수 있다. 즉 푸슈킨은 자유사상가였기 때문이다. 차르이즘과 농노제도에 억압당하고 살던 그 당시 러시아 사람들에게 '자유'의 바람을 불러 일으킨 작가가 푸슈킨이다. 그 대신 푸슈킨은 연금 당하고 추방 당하는 등 무수한 고초를 당하였다. 아마 러시아 작가 가운데 푸슈킨만큼 조국 러시아를 생각한 작가는 또 없을 것이다.

눈으로만 보지 말고 마음으로 보면

참으로 이상한 현상이다. 프랑스가 낳은 세계적인 작가 가운데서 쌩떽쥐베리만큼 명성을 떨치고 있는 작가는 없을 것이다. 노벨문학상 수상 작가인 까뮈, 사르트르 , 앙드레 지드 등을 제치고 쌩떽쥐베리는 본국인 프랑스뿐만 아니라 세계에서 가장 사랑받고 있는 프랑스 작가인 것이다. 마치 러시아에서 가장 명성을 떨치고 있는 작가가 푸슈킨인 것과 같다. 작품의 무게와 깊이를 보면 사르트르와 톨스토이에 따라 갈 작가가 없을 것이다. 그러니까 독자의 사랑을 받는 작가는 철학적인 무게와 깊이 있는 작품을 남긴 작가가 아닌 것이다. 젊은 나이에 푸슈킨처럼 연적과 결투 끝에 죽거나 쌩떽쥐베리처럼 비행기를 타고 영원히 사라져버린, 어쩌면 문학적인 삶을 살다간 작가가 더 명성을 얻고 있는 것이다. 우리나라에도 김소월 시인이 요절하지 않고 지금까지 생존해 있다면 지금 같은 명성을 얻었을까? 하고 나는 가끔 생각해 본다.

생떽쥐베리는 1900년 프랑스 리용에서 태어나 1944년 2차 대전 때 정찰비행 중 독일 전투기에 의해 격추, 사망할 때까지 모험을 즐긴 행동작가였다. 모험 비행가로 북서 아프리카와 남태평양 등 항로를 개척한 행동문학을 개척한 작가였다. 쌩떽쥐베리의 문학적 위대성은 긴장과 위험한 상황에서 인생의 깊이와 풍요, 그리고 인간의 근원적 모습을 일깨워 주었다.

앙드레 지드가 말했듯이 "생떽쥐베리가 말하는 모든 것은 하나도 빼놓지 않고 실제로 체험한 것들이 아니면 그 자신 너무나 훤하게 알고 있는 것들뿐이다. 그가 겪었던 수많은 경험과 위험들은 그의 책에서 더할 나위 없는 진실됨과

우월함을 부여해 주었다. 그는 전쟁에 관해, 또 상상의 세계에 관해 많은 것을 쓰면서 하나같이 놀랄만한 재능을 발휘하였다. 그래서 그의 소설들은 문학적 가치 외에도 역사적 가치를 지니고 있다"고 논평하였다.

나는 학창시절 앙드레 말로에 빠진 적이 있었다. 「인간의 조건」 같은 행동주의 문학이 연약한 나의 성격에 힘을 주었기 때문일 것이다. 행동주의 작가라면 프랑스의 앙드레 말로만 생각하고 있었다. 그는 또한 드골 대통령에 의해 문화상을 역임하기도 해서 명성이 대단하였다.

그러나 쌩떽쥐베리를 알고 나서는 그의 인간과 문학에 매료되었다. 그 이유는 생떽쥐베리의 작품을 읽고 나면 우리에게 무한한 상상력을 주기 때문일 것이다. 쌩떽쥐베리는 「남방 우편기(1927년)」, 「야간 비행(1930)」, 「인간의 대지(1939년)」, 「전시 조정사(1942년)」 등의 걸작을 남긴 후 죽기 1년 전에 세계적인 명작이 된 「어린 왕자(1943년)」를 세상에 내보인 것이다.

「어린 왕자」는 제목이 주는 인상 때문에 어린이용 동화

같지만 실제는 어른용 동화이다. 위에 든 다른 작품과 마찬가지로 쌩떽쥐베리는 자신의 실제 체험을 바탕으로 어른들의 잃어버린 꿈의 세계를 동화의 독특한 형식으로 완성시킨 것이다. 이「어린왕자」의 주인공 어린 왕자는 세계에서 가장 사랑 받는 문학적 인물이 된 것이다.

쌩떽쥐베리는 실제로 사하라 사막에서 비행기 고장으로 며칠을 보낸 적이 있었기에 더욱 흥미롭다. 자신의 별을 떠나 여행을 시작한 어린 왕자는 다른 별에서 여러 종류의 어른들을 만난다. 그들은 한결같이 지배욕과 소유욕, 추상적인 지식욕과 허영심을 가진 세속적인 모습을 보여주고 있다. 이러한 어른들의 모습을 어린 왕자의 순수하고 앳된 눈과 마음으로 풍자, 비판하고 있다.

「어린 왕자」는 사하라 사막에서 비행기 고장이 나버린 조종사가 어린 왕자를 만나는 데서 시작된다. 마실 물도 별로 없는 사막에서 조종사 혼자서 비행기를 고치고 있는데 어린 왕자가 나타난 것이다. 사막에서 동이 틀 무렵 작은 목소리에 나(조종사)는 잠이 깨었다.

"저…… 양 한 마리 그려줘!"

"뭐라구?"

"양 한 마리만 그려 달라니까……"

나는 벼락이나 맞은 것처럼 벌떡 일어났다. 눈을 비비고 자세히 쳐다보았다. 아주 이상한 꼬마 녀석이 나를 점잖게 바라보고 있었다. 여기 있는 것은 나중에 내가 그린 것 중에서 가장 근사한 초상화이다. 물론 여기서 나는 조종사이고 꼬마 녀석은 어린 왕자이다.

실제로 쌩떽쥐베리는 미술학교에 다닌 경력이 있고 「어린 왕자」의 책 삽화는 그 자신이 그린 것이다. 어린 왕자에게 그림을 그려주던 조종사는 계속 퇴짜를 맞다가 나중에 상자를 그려주자 "이게 바로 내가 원하는 거야"라고 한다. 어린 왕자는 상자 안의 양을 꿰뚫어볼 수 있는 눈을 가지고 있었다. 상자를 보고 그 안에 있는 양을 생각할 줄 아는 순수함을 쌩떽쥐베리는 이야기하고 싶었던 것이다.

3부

내가 본 김원중 교수님

김문경(포항 방사광가속기연구소 연구원)

잊지 못할 그 강의

"여러분, 정말 고맙습니다. 나는 지금 마치 내가 독일의 하이델베르크 대학에 와 있는 듯한 기분입니다."

이것은 1학년 여름방학 중에 개설되었던 교양강좌 '문학의 감상과 이해'의 마지막 강의사간에 담당 교수님이신 김원중 교수님이 하신 말씀이었다. 지금은 본교 인문학부 교수로 재직 중이시지만, 당시엔 대구에 있는 영남대학교에 적을 두시면서 이 강좌를 위해 우리학교에 출강하셨었다. 아마도, 대학 4년 중 가장 유쾌한 학기였음을 이 하이델베르크라는 말이 시사해 주었다.

국내 정상만으로는 만족하지 않겠다는 설립의지에 의해 서인지 1회 입학한 우리들에게 거는 하교와 교수님들의 기대가 무척이나 컸었다. 덕분에 우리들은 타 대학보다 더 많은 공부에 대한 부담을 안게 되었다. 갑자기 달라진 생활에 적응할 여유도 없이 공부에 매달려야만 했다. 국어 과목을 제외하곤 모조리 원서인 교과서를 읽는 것도 큰 고역이었고, 강의시간에 대부분의 교수님들이 영어로 강의하시는 것을 이해하기도 정말 힘들었다. 무엇보다 선배가 없다는 것이 절실하게 와 닿는 것은, 하소연하고 도움을 청할 대상이 없다는 데 있었다. 교수님을 찾아뵙기에는 웬지 쭈뼛거리게 되고, 친구들은 대부분 비슷한 상태였다. 교과서의 서문을 읽는 데엔 서너시간이나 낭비할 필요가 없다는 것을 알려줄 사람이 곁에 없다는 사실이 무척이나 나의 대학생활을 힘겹게 이끌어간 요인 중 하나였다.

"이번에 졸업할 수 있어?"라는 인사가 보편화될 만큼 졸업하는 것마저 힘든게 현실이고 보면, 지난 4년간이 어떠했었는지 대충 감이 잡히지 않을는지.

이렇게 힘들게 생활해서인지, 1학년 여름학기 교양강좌가 더 즐겁게 인상에 남아 있는 것 같다. 고등학교 4학년이라고 불릴 만큼 순진했던 탓도 있고, 고등학교 때 모범생들이여서 그런지 교양강좌라도 퍽 진지하게 임하곤 했었다. 교수님께서는 그 해박한 지식과 상식으로, 교과서 내용 한 줄에 열 가지 에피소드를 첨가하시곤 했다. 강의가 종종, 아니 대부분 관련없는 내용으로 흐르곤 했다. 항상 긴장해서 듣던 지난 학기 강의들과는 무척 대조적이어서 흥미로웠다. "교양이란 이런 것도 허용되는가 보다"라는 순진한 판단을 내리면서.

어느 날. 시(詩)에 관한 강의 도중 교수님께서 우리들 중 누가 한 번 낭독해 보라고 하셨다. 노천명 씨의 '사슴'이었다. 여자의 낭낭한 목소리로 읊은 시는 오랫동안 잊혀지지 않는다고 하시면서 나를 지명하시는 것이었다. 낭낭한 목소리라구요? 우렁찬 목소리로 낭독을 끝마쳤을 때 교수님의 당황 반, 웃음 반의 어색한 표정도 잊을 수가 없다. 좋은 낭독이 아니었음을 아시고는 사슴과 유사한 형태로 시를 지어보라고 과제를 주었다. 사슴 말고 각종 동물을 넣어서 말이다. 아마도 나는 코끼리였을 거다.

다음 시간에 몇 편 읽어 주셨는데 '모기'라는 제목의 시에서 우리는 모두 크게 공감할 수밖에 없었다. 그해 여름 유난히도 극성스러웠던 그 모기들에 대해서 우리 모두 할 말이 퍽 많은 사람들이었으니까 말이다. 블루진과 운동화를 뚫고 피를 빠는데는 정말 속수무책이었던 것이다. 포항모기가 전국적으로 악명높다는 교수님의 말씀에 아예 체념의 상태에 이른 우리들이었으니까. 그러니 그 시가 우리들에게는 얼마나 가슴에 와 닿았겠는가. 비록, 시를 쓴 장본인은 그 시 때문에 망했다고 하지만. 긴장된 지난 학기 수업시간과는 달리 자유스러운 분위기에 과목에 대한 부담이 거의 없다시피 하자, 강의사간 중 다양한 교양활동(?)이 나타나게 되었다. 주로 몰래 편지쓰기, 하긴 작문도 이시간에 배우고 있으니까 별다른 죄의식(?)은 없었다. 이어폰을 끼고 음악을 들으며 시를 감상하는 친구도 있었고, 지난 학기내내 수업시간에 잠자던 애는 초지일관 역시 계속 수면으로 강의를 대신했다. 한편으로, 역시 강의에 충실하게 교수님과 대화에 열을 올리는 친구도 있었다. 이런 수업광경은 어떻게 보면 방종한다고 까지 할 수 있는 태도들이 내게는 퍽이나 유쾌했었다. 어딘가 자유스럽다는 것이 무척 기분좋게 느껴졌었다. 하긴 수업을 일주일간 빼먹었는데 아무런 말씀을 하시지 않으셨으니까.

마지막 강의시간이 다가오자 우리들 모두가 돈을 모아 '쫑파티'를 하기로 했다. 먹을 것을 잔뜩 사가지고 교수님께 조그만 기념품을 드리고 파티를 열었다. 격의없이 오가는 대화가 시종 분위기를 유쾌하게 하였다. 복숭아라면 정신없이 좋아하는 나는 복숭아만 계속 먹어서 복숭아 귀신이라는 별명까지 얻었다. 마지막으로 교수님이 하신 말씀이 바로 서두에 쓴 말이다. 그때가 6.29선언 직후 온 나라가 술렁이고, 대학이 술렁이던 때였음을 생각하면 우리들의 행동이 노교수님을 퍽이나 감동시킨 것 같았다. 순진하고 다소 순수했던 우리들에게서 낭만적인 독일의 대학을 떠올리신 것이 아니었을까.

지난 4년 동안 많은 강의를 들었고, 그 중에는 아직도 잊혀지지 않는 명강의가 많았다. 2학년 때 현대물리를 들었을 때는 내가 물리학도라는 데에 뿌듯한 자부심을 느끼기도 했었다. 그 뒤로 전공과목을 배우면서 어설프나마 친구들과 자연현상에 대해 나름대로 논리를 세워 따지게도 되었고, 얼마나 자신이 자연에 대해 무지한가 하는 것도 여러 강의를 통해 깨닫게 되었다. 이런 많은 명강의 가운데 유독 1학년 때의 교양강좌가 떠오르는 것은 그 당시 자유스러움과 순수함이 이유일 것이다. 대학에 입학할 당시, 대학생이란 진지하게 학문을 탐구하며 자유스러운 사고로 순수하게 사물을 바라보아야 한다는 생각을 가졌었는데, 아마 그 여름학기가 조금은 이러한 대학생 상에 맞았나 보다. 조금 더 열정적이고 순수한 자세로 학문을 대하지 못한 나의 지난 생활에 대한 반성이기도 하다. 이제 4년의 대학생활을 접으면서 다시 나에게 다짐하게 된다. 언제나 그때의 열정과 순수를 마음 속에 지니며 생활하자고.

(포항공대신문. 1991. 2.)

하성자(시인·수필가)

기인(奇人)이 그리운 세상
사람을 찾습니다

-저자 소개 :김원중

　일본 교토에서 출생(1936) 경북 안동에서 성장하다. 영남
대 국문과 및 동대학원, 중앙대 대학원 졸업(문학박사), 문
학세계 및 문예한국 주간 역임, 경북문인협회장, 한국문인
협회 부이사장, 대구세계문학제 발기위원장, 한민족어문학
회 회장 역임, 영남대 교수, 가야대 객원교수, 대구한의대
부학장,포항공대 교수역임, 주한 라오스 문화원 상임고문,
한국문인협회 고문, 대구문인협회 고문, 포스텍 명예교수,

한비문예창작대학 교수, 경상북도 문화상(문학), 한국예총 예술대상(문학) 수상, 홍조근정 훈장 수훈하였으며 저서로 는 시집『별과 야학』,『과실속의 아기씨』,『별』수필집『하 늘 만평 사뒀더니』,『별을 쳐다보며』,『문학과 인생의 향 기』,『사람을 찾습니다』외 다수이며 이론서『한국현대희곡 문학론』,『현대문학의 이해』,『현대희곡론』외 다수이다.

-들어가며

2009년 봄 마산에서 김원중 시인을 처음 만났다. 내가 등 단한 월간 한비문학의 고문이며 한국문단의 원로라는 소개 와 더불어 나는 우선 불편한 몸에서 뿜어 나오는 기가 예사 롭지 않은 분이라는 느낌을 받았었다. 신달자 시인이 극진 한 예를 차리는 것으로 보아 대단한 원로이신가보다 하고 생각하였는데 역시 존경할 만한 분이었다. 만남의 횟수와 시간이 지날수록 배움을 주는 훌륭한 문인임을 알아 가면 서 그날의 만남을 귀하게 생각하고 있다.

그 해 8월에 이 책이 나오게 되었고 나는 저자의 출판기념회에 참석하는 영광을 누렸다. 문화도시 대구의 중심지에 있는 교보문고 출판 사인회에서 저자의 친필 사인을 받고 행복했던 기억이 새롭다.

이책 서두에서 저자는 "우리는 지금 기인(奇人)이 없는 시대에 살고 있다. 아니 천재가 없는 시대에 살아가고 있다. 기인의 의미는 기묘하고 이상한 사람이라고 사전에 나와 있기에, 기인은 천재가 아니지만 천재 가운데는 기인이 많다. 동서고금의 천재들 가운데 참으로 기인이 많았음을 역사는 증명하고 있다. 그리고 그 기인들의 행적은 우리 같은 인생에게 많은 즐거움을 제공하여 주었다. 무미건조한 인생살이에 낭만과 활력을 넣어 주었다."라고 말하고 있다.

보편적인 역사 속에서 누군가가 기록으로 남긴 기인을 우리는 만난다. 그러나 근래에 속하는 기인이랄까 인물에 관한 구체적 테마를 접하기란 그리 쉽지 않다. 저자의 이 책은 그런 우리의 호기심을 발동시키도록 기인의 행적 몇 토막으로 그가 기인임을 알려주는 책이다. 책을 읽으면서 '아! 그런 일이 있었구나!' 하고 저자의 경험을 간접 경험하며 역사로 접하는 나를 발견하는 것이다.

"만일 어느 시대 어느 사회에서나 기인들이 없었더라면 인생은 얼마나 삭막했겠는가. 알고 보면 이 기인들이 위대한 문학과 예술을 창조하였고 과학과 철학을 발전시켰던 것이다. 아! 정말 기인이 그립다. 어쩌다가 기인이 없는, 기인이 그리운 세상에 살게 되었을까."

라고 하면서 저자는 기인들의 일화를 소개하고 있다. 저자의 책 속으로 들어가 보자.

-책 내용 소개

별명이 생옥편(生玉篇)인 장철수 교수에 관한 일화이다. 일제 때 고등문과 외교관 시험에 수석 합격한 천재 중의 천재인 장철수는 한 번 읽었던 것은 모조리 기억하였고 홍안

소년 시절에 역사, 지리, 철학, 문학, 천문학, 과학, 정치, 경제학 등을 훤하게 알고 있어 육당 최남선도 감탄할 정도였다고 한다. 그는 오만한 구석이 있었지만 그것을 천재다운 기행(奇行)으로 봐 준 사회풍토가 한 몫 하였다고 저자는 말한다.

만능 스포츠맨인 사회학자 이상백 교수는 장철수 교수의 막역한 친구이며 서울대학교에 사회학과를 창설한 사회학의 선구자로 시인 이상화의 아우라고 한다. 두 가지 괴벽을 지녔는데 명 강의로 유명하였지만 공개석상에서 강연을 안 한다는 것, 남의 길흉사에 안 간다는 것이다. 공개행사에서 축사한 것은 국사학계의 원로학자 이병도 박사의 회갑잔치 때 불가피한 사유로 딱 한 번뿐이라고 한다. 어떻게나 이상백 교수는 관혼상제(冠婚喪祭)에는 절대 발 들여 놓지 않았던 대구가 낳은 특이한 자유인이었다고 저자는 밝히고 있다.

자칭 국보이신 양주동 교수의 일화이다. "나에게 박사를 줄 사람이 없다"고 하며 살아생전에 박사학위 받는 것을 거절할 정도로 자칭 천재라고 주장하였다고 한다. 와세다대학 영문학과를 나온 국문학자인 양주동박사의 학위는 그래서 명예학위였다고 한다. 그 시절 양대 천재로 통하는 이은상 선생과는 동갑나이로, 같이 하숙을 하였고 두 사람은 서로가 자칭 천재였기에 머리 내기(천재성) 시합을 하였는데 소설가 염상섭이 심판이었다고 한다. 처음에는 이은상 선생이 이겼는데 나중에 양주동 박사가 이은상 선생에게 꾀를 부려 이겼고 이은상 선생은 가짜 연애편지로 양주동 박사를 골려주었다는 일화이다. 오성과 한음의 이야기처럼 익살이 느껴지는 대목이다.

'건망증의 챔피언 손계술 교수', '평생 어린애 같이 사신 이재수 교수', '대한민국 교수 제 1호 조윤제 박사', ' 국문학계의 선구자 김사엽 교수', '참교육의 실천자 박판암 학장', 화장실에서 오줌을 누다가 동국대 교수가 된 일화를 지닌 '문학평론의 대가 조연현 교수'의 일화가 이어진다.

‘이 시대의 마지막 선비 조지훈 시인’ 편에서 술집 세미나에서 발탁되어 27세에 고려대학교 교수가 된 사례를 이야기 한다. 이 박학다식한 스승을 ‘많이 안다’는 뜻의 ‘지다(知多)’ 라는 별명을 칭하고 일명 ‘지다’교수로 통하는 것을 안 조지훈 교수가 ‘왜 내 성을 부르지 않느냐’고 하여 제자들이 ‘조지다’로 불렀다느 일화가 있다. 아량과 해학과 지성과 야성을 겸비한 이상적인 선비상 조지훈 시인의 일화가 흥미롭다.

‘대구 아동문학계의 대부 이응창 교장’ 과 그의 아들인 이용 선생의 일화에 이어 ‘현대시문학사의 거인 유치환 시인’ 편에서 이영도 시인과의 로맨스로 익히 알려진 일화 뒤의 일화를 저자는 어떤 증거를 들어 읽는 이가 깜짝 놀랄 만한 새로운 사실을 소개하고 있다.

흰 고무신을 신은 유치환 선생과 경북도청 부근에서 막걸리를 나눈적이 있다는 저자는 그가 과묵한 분으로 그냥 허허 웃음이 백만 불짜리라 말한다.

유치환 선생이 돌아가시자 여류시인 이영도 여사가 유치
환 선생에게서 받은 편지를 묶어서 책으로 출판한 것이 화
젯거리가 되었다고 한다. 『사랑하였음으로 행복하였네라』
라는 책으로 유치환 시인의 「행복」이라는 시의 끝 행을 따
온 제목의 서간집이다. 그런데 나중에 이영도 여사의 딱한
사정이 있었으니, 유치환 시인의 별세 후 봉화에 있는 어느
고등학교 여교사가 유치환 시인으로부터 받았던 편지가 소
개되었고 이 편지를 읽어 본 이영도 여사는 큰 충격을 받았
다고 하며 반효정이라는 여자는 2백통의 편지를 받았다고
하며 그 중 몇 편의 편지를 『여성동아』를 통해 대담하게 공
개하였다. 그 편지의 내용에는 이 여사가 지닌 유치환 시인
의 편지와 꼭 같은 내용의 편지여서 받는 이의 이름만 다르
게 적었을 뿐 내용은 대동소이하였다고 한다. 이영도 여사
의 충격은 당연한 것이라고 저자는 말한다.

형인 극작가 유치진과의 일화 등을 소개한 저자는 우리 한국문학사에서 영원한 거목일 유치환 선생을 그리워한다. '한국 제일의 보헤미안 박훈산 시인', 최광열 평론가, 박종우 시인, 언론인 박정봉 선생, 소설가 김동리 선생, 정석모 시인 등의 일화가 소개되고, 이어서 '한국의 장 꼭도 박양균 시인'의 일화가 소개된다. 이헌식 교수, 대구 교육계의 원로 최해태 박사, 홍형의 교수, 유진오 박사, '한국 현대문학의 선구자 백철 선생', 서정주 시인에 이어 김춘수 시인의 일화 담을 끝으로 책을 맺고 있다.

대구한의대 국문과 김은경, 이미진 학생이 쓴 「김원중 교수를 찾아서」는 부록으로 이어진다. 포항공대 교수이자 대구한의대 국문과 창설에 큰 공적을 세운 김원중 선생과 인터뷰한 내용인데 제자들이 본 저자의 낙천적인 모습은 또 하나의 일화가 될 것 같다.

-책을 읽고 나서

"이 원고를 쓰면서 생각해 보니 돌아가신 분들게 누가 되었거나 유족들이 서운해 하고 불편한 심기를 갖지 말기를 바라고 싶다.

나는 전적으로 살아생전에 듣고 보고 읽고 기억한 것을 글로 옮겨 보았고, 이 분들을 전부 존경하고 사랑하였기에 사람이 그리운 삭막한 요즘의 세상에 이 분들처럼 소신을 갖고 자기주관대로 사신 분들이 그리워지는 것이다."

저자는 책을 마무리하며 이렇게 피력하고 있다. 저자 김원중 시인이 만난 기인들, 그리고 책에 다 소개하지 못한 기인들을 나는 저자의 이책과 저자와 만나 나누는 대화에서 더러 만나게 된다. 어릴 때 유학자인 백부님이 어느 성씨 하면 그 가문의 내력을 줄줄 말씀하여 오빠 친구들은 물론 내가 깜짝 놀랄 정도로 소상히 알고 있어 신기하였던 기억이 난다. 김원중 시인은 한국 문단의 역사라 할 만한 궤적들을 신기하게 알고 있어서 나는 거저 놀라고 감탄할 뿐이다. 그런 간접 경험들은 마치 어머니가 아이에게 평소 나누는 대화로 무언가를 전수하듯 문학의 선배가 후배에게 무언가를 심어 주고 있다는 마음에 거저 고맙고 만남이 기다려지는 것이다.

어린 나이 때부터 경제 개념으로 글을 쓰게 된 특이한 등단 이력을 가진 김원중 시인의 모습이 실감나지 않는다. 저자와 만날 때마다 느끼는 것은 그런 것에 찌든 형상이 아닌 선비의 기상이 있기 때문이다. 저자의 이 책에 나오는 기인(奇人)에 대한 일화가 어떤 후배로 하여 이어진다면 꼭 등장해야 할 분이 바로 이 책의 저자 김원중 시인이 아닐까라는 생각을 나는 확고하게 하는 것이다.

뇌졸중 환자가 된 지
어언 3년에 들어섰다

일 년이 지나니
친척들이 다 떨어져 나가고

2년이 지나니
친구들이 다 떨어져 나갔다

이제 가끔 찾아오는
한두 사람 제자들에 힘입어

오늘도 지팡이 짚고
산책길에 나선다

이것이 인생인 것을
고희가 되어서야 깨닫는다

　2002년 12월, 건강에 누구보다 자신 있었던 시인 김원중
은 고지혈증으로 쓰러졌다. 하지만 차츰 회복되면서 요즘
은 외출도 챙기고 있다. 앞의 시는 그가 올 봄 50년 만에 출
간한 '칡넝쿨·2'에 발표한 시 '아픈 역사'의 전문이다. 김원
중은 중학교부터 대학원까지 야간부만 12년 다닌, 대한민
국에서 유일한 사람으로 기네스북에 오를 것이라고 스스
로 말한다. 1936년 일본 교토에서 태어나고 안동에서 성장
한 김원중은 6·25 때 청도로 피란했다가 다시 안동으로 올
라갔으나 1·4 후퇴 때 대구로 온다. 그리고 시청 앞에서 잡

화상을 하면서 15세의 소년가장으로 어머니와 동생의 생계를 책임진다. 그러면서 틈틈이 '새벗' '소년세계' '학원' 등을 읽고, 작품을 투고하면서 문학에로의 꿈을 꾸기 시작한다. 서문시장, 교동시장, 염매시장 등은 그곳에서 화장품 등을 취급하는 김원중에게는 쉽지 않은 생존경쟁의 터전이었다. 삶의 현장에 그렇게 일찍 뛰어든 탓일까. 김원중은 금전에 대해 일찍 깨친 면이 없지 않다. 중 3년 때 학원에 '야학'이 입선되었고 53년 서울신문 신춘문예에 동시, 동화가 한꺼번에 입선되기도 했다. 김원중의 응모는 등단이 목적이 아니라 상금을 바라보는 쪽이었다. 현상모집이 있는 곳에는 '모조리 투고' 했다. 57년 고 3년이던 때 시집을 팔아 대학 갈 학자금을 마련한다는 엉뚱한 생각으로 지금 경주에 있는 서영수와 함께 시집 '별과 야학'을 내기도 했다. 세상 물정을 잘 알고 한 것은 아니었지만 대구예식장에서 출판기념회도 가졌다. 그 때 방추암이란 주먹이 와서 행패부린 것도 잊을 수가 없다. 김원중은 "내가 낮에 했던 일을 소설로 쓰면 한 권이 넘을 것"이라고 말한다. 소설에도 관심을 가져 60년에 '신태양'의 현상 소설 모집에 응모, 4명과 함께 결선에 올랐으나 당선은 영천의 하근찬에게 돌아가고 말았다. 한때 박양균은 김원중에게 "자네는 아는 것이 많으니 소설을 써보지"라고 한 적도 있었다. "먹고 살기 힘든 세상에 살다보니 서울대, 미국, 유학 한 번 못가고 일요일도 온종일 일하느라 장로도 못되었고, 중·고·대학 12년 꼬박 야간에만 다녔으나 그래도 사람들은 나더러 박사, 교수, 시인이라 부른다"며 다소 자조적이긴 하지만 스스로 생각해 봐도 허무한 이력을 김원중은 '나의 이력서'란 시에서 토로하고 있다. <출처 : (이수남이 되돌아본 향토문단. 32) 시인 김원중>

나는 저자가 얼마나 강인한 정신력과 체력을 지닌 분인가를 안다. 이 책『사람을 찾습니다』마무리 글에서 밝혔듯 저자 김원중 시인은 어쩌면 기인이나 그 관계자들이 섭섭해 할 일화들도 과감하게 소개하고 있다. 그만큼 저자는 이 일화에 대한 확신과 책임을 자신하는 것으로 우리는 저자가 소개하는 일화들을 신뢰하게 된다. 근래의 인물들에 대한 이 책이 문학사적 측면이나 인물사적 측면에서 충분히 참고 자료가 될수 있음이다.

천재, 기인은 그런 사람이 드물어서 기인일 것이다. 기인은 아닐지라도 보통의 우리는 그 누군가의 '어떤 눈짓'이 되어 살아가고 있는 것이다. 저자의 말처럼 삭막한 요즘의 세상에서 자기 주관대로 산다는 것이 얼마나 대단한지를, 그래서 기인일 수 있음을 상기한다. 타의에 이끌리거나 주관으로 미루거나 포기하다가 끝내 주관대로 살지 못하는 모습이 실망스러울 수도 있지만 그러나 나는 믿는다. 주관을 펼쳐 보지 못하는 행로에서 그것을 아쉬워해주는 그 누군가가 있다면 나는 그 누군가의 '기인'으로 존재하는 것이다. 김춘수 시인의 <꽃>처럼 우리는 누군가의 '그 무엇'이 되고 싶은 한 가닥 바람을 지니고 나름 살아가는 것이 아닐까? 특히 스스로에게 말이다. '그 무엇' 혹은 '꽃'일 수 있게 하는 자기애의 발로가 참으로 중요하다고 생각된다. 부족함도 때로는 아름다움이라는 것을, 다만 이 책을 읽음으로 실려을 위해 정진하고 품

성을 정돈하여 이 시대에 드문 기인의 대열에 참여하고자 하는 꿈을 가지고 노력을 기울이게 된다면 타고나지는 않았더라도 노력을 통한 천재의 반열에 가까울 수 있음이다. 평범함도 보통 힘든 경지가 아닌 것이다. 끝내 기인의 반열에 도달하지 못하더라도 노력하는 모습, 성실한 모습들, 그 평범한 모자람 또한 그 나름 그릇의 채움이며 다양한 아름다움일 수 있는 거다. 보통사람 입장에서 보통사람을 자위하면서 이 책을 읽고 생긴 욕심과 받은 느낌을 마무리한다. 근래의 천재와 기인들, 특별한 사람에 관한 이야기, 이책을 통해 기인과의 새로운 만남이 이루어지고 그것이 조금이라도 나를 성장시킬 것임을 믿는다. 다시 읽고 보니 2009년 이책이 나올 때 보다 더 삭막해진 2014년이다. 지금 이 시대에 참으로 보기 드문 곧은 주관을 펼쳐서 자신의 보통 생활이 바로 기인이 될 수 있는 일화를 만들어 가는 사람이 되는 길을 걷고 싶다. 타고난 것은 한계가 있으므로 의지와 노력이 중요할 것 이다. 한편으로 자기주관이 뚜렷한 너란 기인을 발견하는 것이다. 다시 읽은 저자의 책 『사람을 찾습니다』를 특별히 권해 본다.

연 보

■학력

· 1958~1962 : 영남대학교 국어국문학과(문학사)

· 1963~1965 : 영남대학교 대학원 국어국문학과(문학석사)

· 1776~1980 : 중앙대학교 대학원 박사과정(문학박사)

■경력

· 1953~19542: 서울신문 신춘문예 동시·동화 입선

· 1968~1973 : 영남대학교 여자초급대학 국어국문학과 전임

강사 · 조교수 · 부교수

· 1974~1980 : 영남이공(전문)대학교 교수(신문사 주간6년)

· 1981~1982 : 영남대학교 문과대학 교수

· 1983~1987 : 대구한의대학교 교수(부총장 및 총장서리, 도

서관장 등 역임)

· 1988~1998 : 포항공과대학교 신문사 주간 10년

· 1996~1997 : 전국대학신문 주간 교수협의회회장

· 1976~1978 : 한국문인협회 경북지부 부지부장

· 1978~1982 : 한국문인협회 경북지부장('달구벌문학'창간 발행인)

· 1980~1982 : 한국예총 경북 부지부장 '대구예술 창간 주간'

· 1983~1985 : 한국신문예협회 부회장

· 1983~1984 : 영남대학교 총동창회 부회장 (이후 상임이사)

· 1986~2001 : 오성중.고등학교 총동창회 초대회장

· 1985~1988 : 한국문인협회 감사

· 1989~1997 : 한국문인협회 이사

· 1992~2002 : 국제 펜 한국본부 이사

· 1990~1993 : '문학세계'(종합문예지) 주간

· 1996~1997 : 한민족어문학회 회장

· 1998~2001 : 한국문인협회 부이사장

· 2001~2003 : 대구세계문학제 추진위원장

· 1987~2002 : 포항공과대학교 인문사회학부 교수(정년퇴임)

· 2002~2003 : 가야대학교 미디어 문예창작과 객원교수

· 1990~2007 : 「시와의식」'문예한국'(종합문예지) 주간

· 1997~2009 : 유네스코 경북협회 부회장

· 1980~2007 : 한국시인협회 중앙위원 상임위원 (현 자문위원)

· 2004~2007 : 주한라오스 문화원 상임고문

· 2005~2007 : 대구경북 원로교수협의회 부회장

· 2007~현 재 : 한국문인협회 고문

· 2008~현 재 : 포스텍(포항공대) 명예교수(인문사회학부)

· 1988~2002 : 포스코 인재개발원 인문학특강 등 대구, 포항, 구미, 부산 등 사회평생교육원 강사

· 2009~현재 : 대구한비문예창작대학 교수

· 2013~현재 : 영남이공대학교 자치대학 인문학 교수

■상벌

· 1981 : 경상북도 문화상(문학 부문)

· 1990 : 「하늘 만평 사뒀더니」 문화부 우수교양도서 선정

· 1999 : 예총예술대상(문학 부문)

· 2001 : 홍조근정 훈장

■업적

· 1957. 12. 시집『별과 야학』 범조사

· 1963. 12. 시집『과실 속의 아기씨』 형설출판사

· 1956. 12. 시집『별』 형설출판사

· 1983. 4.『현대 희곡론』(공저)이우출판사

· 1986. 2.『한국근대희곡문학연구』 정음사

· 1986. 4.『김영보 희곡집』 형설출판사

· 1897. 7.『현대문학의 이해』 도서출판 대일

· 1988. 12.『곤계 백금옥 여사』(전기)북랜드

· 1988. 3.『연극과 희곡의 이해』 경운출판사

· 1989. 2.『대학작문』 형설출판사

· 1990. 11. 수필집『하늘 만 평 사 됐더니』 민성사

· 1990. 11.『만나서 기쁘지 아니하랴』(공저)명문당

· 1994. 10.『한국 명시전』(공저) 문예한국사

· 1994. 4. 수필집『저 바람 속에 불꽃이』(공저)문예한국사

· 1996. 10.『박양균 전집』(공,편저) 새벽사

· 1997. 7.『문학과 인생의 향기』 만인사

· 1997. 8. 『작은 연구가 아름답다』(공저) 만인사

· 1998. 3. 『현대 희곡과 연극』(공저) 만인사

· 2000. 2. 『인문학적 과제와 창조적 글쓰기』(공저) 만인사

· 2001. 5. 수필집 『인생을 아름답게』교음사

· 2005. 7. 『21, 한국대표 명 수필선』(공저) 문예한국사

· 2005.12. 수필집 『아버지가 주신 연필 두 자루』교음사

· 2009. 9. 수필집 『사람을 찾습니다』소소리

· 2015. 6. 평론집 『영남의 인물 문학사』채널출판사

· 2018.10. 『100세청춘. 걸어라, 웃어라, 읽어라』

· 2018.12. 시집 『아픈역사』만인사